L'avis des Lectrices Charleston

« Comment peut-on abandonner son enfant ? Comment peut-on disparaître sans laisser de traces ? Que dissimule le passé de Rose ? Autant de questions qui trouvent leur réponse dans un dénouement surprenant. »

Mélusine Huguet, du blog *Carnet Parisien*

« Une histoire entre roman et enquête, entre suspense et révélation, entre amour et trahison. »

Sandrine Dureuil, du blog *Vu de mes lunettes*

« Une histoire touchante, émouvante. »

Alison Penglaou, du blog *My Little Anchor*

« Le lecteur est embarqué dans un tourbillon de souvenirs, entre passé, présent et futur. »

Djihane Schmidt, du blog *Les instants volés à la vie*

« Un roman précis dans les détails qui décuplent les sentiments et sensations. »

Noëlline, du blog *La pause librairie*

Édition française publiée par :

17, rue du Regard
75006 Paris - France
contact@editionscharleston.fr
www.editionscharleston.fr

ISBN : 978-2-36812-106-1

Maquette : Patrick Leleux PAO

Pour suivre notre actualité, rejoignez-nous sur la page Facebook :
facebook.com/Editions.charleston et sur Twitter à @LillyCharleston.

Alia Cardyn

UNE VIE
À T'ATTENDRE

Roman

CHARLESTON

À mes enfants

J'ai toujours eu ce rêve

Que l'histoire que je construis chaque jour avec vous soit un tremplin dans votre quête de bonheur

Merci de m'avoir choisie.

Ton souffle danse dans mon cœur, danse dans mes reins
Scande les mouvements qui m'emportent au loin
Il m'unit à toi d'un fil frêle, délicat
Il vient me dire sois libre et ne pars pas
Sous mes mains il y aura le calme et la joie
Et puis dans tes yeux, quelqu'un qui croit

Prologue

En silence, je vide mes poumons pour faire place à la vie. J'inspire, je retiens mon souffle et je pousse. J'entends les cris « plus fort, encore, encore ». Je garde les yeux fermés. Je ne veux pas les voir, je dois rester toute proche de lui. Je pousse longtemps, l'oxygène se tarit. Il n'y a plus un soupçon d'air sain en moi quand finalement j'ouvre la bouche pour respirer. Je pense aux prochaines minutes, à cette rencontre que j'ai tant de fois imaginée. Si je suis allongée ici aujourd'hui, c'est sans doute par chance. Rien ne m'y prédestinait. Les contractions reprennent. J'inspire profondément car je veux le rencontrer cet enfant. Je pousse et l'on s'agite autour de moi. Une tête passe. On m'encourage à soutenir l'effort. Est-ce que je souhaite saisir mon enfant moi-même ? L'attraper pour être pour toujours les premières mains qui le touchent ? Je ne sais pas. L'émotion comme l'air vient gonfler mes poumons. Une seule question m'habite en réalité : comment devient-on mère quand on n'a pas été enfant ? Je me sens vide, aucun héritage à transmettre. On me presse de décider. Est-ce que je veux le tirer hors de mon ventre ? Je ne suis pas prête. Tout mon corps dit non et a retenu le plus longtemps possible celui à naître.

Comment devient-on mère quand on n'a pas été enfant ? Je tente de me rassurer, je me rappelle une phrase. *Il y a des jours où on aime et d'autres où on apprend à aimer.* Si la nature ne fait pas son œuvre et que mon cœur reste froid, j'apprendrai. En un éclair, je m'imagine responsable de ce petit être. Je panique. J'ai peur qu'on compte sur moi. L'angoisse recouvre ma poitrine comme une chape de plomb. Je n'ai pas le temps de m'en dégager qu'il est déjà là, naissant d'une mère bien imparfaite. Je touche sa peau chaude et huileuse et l'attrape là, juste sous les bras. Je le sens s'échapper, glisser de mes mains. Je crie que j'ai peur de le lâcher. Dans un ultime effort, je l'attire à moi et lui donne vie. On le dispose tout gigotant et humide près de mon sein. Il est rose mais ne pleure pas. Dans son regard sérieux, je reprends mon souffle et je commence à vivre moi aussi. Il ne fait pas de bruit. On le prend quelques minutes pour le laver et l'examiner. Il est en parfaite santé. Je regarde ces mains étrangères qui le langent habilement. Une voix m'explique qu'il est mieux dans les bras de sa mère. Je me redresse dans le lit et tente de remettre en place les quelques tissus qui couvrent encore mon corps.

On l'enfouit sous le drap, à même ma peau nue. Je sens la chaleur de mon fils et j'en pleure. Je l'ai cherchée si longtemps. Cette chaleur.

PARTIE I

C'est l'incertitude qui nous charme. Tout devient merveilleux dans la brume.

Oscar Wilde

1.

Dix-huit ans plus tôt, le 18 septembre 1995

Je suis petite, si petite dans ces lieux silencieux. Je connais la nature des silences et celui-ci n'est pas bon. Il est le dernier souffle d'une maison qui s'est vidée, précipitant ma perte. Je les appelle et, en réponse, ce silence implacable. Je cours pieds nus, traverse les couloirs, visite chaque pièce, mais rien. Je sens les larmes mouiller mes joues et j'ai mal au ventre à en crever. J'ignorais qu'on pouvait avoir si peur. Où sont-ils ?

Je m'apprête à poser le pied sur cette marche, mais j'ai déjà compris. Dans quelques secondes, je cesserai d'être une enfant. Je pense à ma mère, à combien il fait froid loin d'elle. Mon cœur se serre, mais la course doit continuer. C'est mon destin. Ma jambe se déplie au ralenti et mon pied touche le bois, faisant perdre à mon enfance ses derniers droits.

Il lui faudrait une vie pour s'en remettre. C'est ce que tout le monde raconte dans le village. Les gens débattent et la même conclusion s'impose à chaque fois : la petite est foutue. Ils regardent au loin sur la colline et pointent du doigt la vieille demeure des Campion. Elle et son unique habitante sont au centre de l'actualité locale. Cette bâtisse que l'on admire au détour d'une promenade abrite désormais un mystère. Quand on prend le temps de l'observer, ce qui frappe en premier lieu est la majestueuse prairie qui s'étend devant elle et forme une pente vers le village. Cette disposition particulière permet de l'admirer de loin et presque de tous points. Comme si l'on avait su qu'un jour, elle aurait besoin d'être à son avantage pour faire les gros titres de la presse. Les badauds s'arrêtent pour la contempler, peut-être rêver l'espace d'un instant à ce que serait leur vie au sommet de la colline. Mais justement, on connaît maintenant le sort réservé à ses hôtes : la séparation, la mort sans doute, le déchirement, c'est certain. Au sommet de la pente verte, se dressent des murs anciens enserrant de larges fenêtres et une grande porte cochère. Une terrasse en bois enlace la maison et accueille une balancelle, quelques fauteuils en rotin sur lesquels ont été oubliés des coussins jadis colorés. Si la prairie n'était pas si vaste, on pourrait apercevoir une petite tête blonde postée à l'une des fenêtres. Elle scrute le parc qui l'entoure. Elle guette et cherche sans repos. Dehors, la police s'affaire pour inspecter le terrain et relever les indices. Mais qu'est-ce qui a bien pu se passer ? Comment cet homme et cette femme, deux parents en plus, ont-ils pu se volatiliser ? C'est maintenant que tout le village réalise, les absents ont réussi l'exploit de rester inconnus dans une paroisse d'une centaine d'habitants. Ils ont beau interroger leur mémoire pour tenter d'aider les enquêteurs mais non, rien ne vient. À part un *bonjour* ou un *au revoir* et *merci* à la pharmacienne ou à la boulangère du coin, le couple était plutôt taiseux. C'est à peine si les voisins pourraient décrire Gabrielle et Charles Campion. Ils avaient le physique qui va avec leur discrétion. Des années à se croiser sans se connaître, de politesse en politesse, les villageois ont tissé les trames de ce mystère.

Rose a six ans et découvre le pire. Ses parents ont disparu. Pourquoi ? On l'ignore. On cherche de bonnes raisons, car on ne peut vivre avec les mauvaises. On la regarde, cette blondinette, et on se dit que ce n'est pas possible, il doit forcément y avoir une explication, une qui nous permette de dormir la nuit et de croire que le monde est bon.

Les progrès des enquêteurs étaient entravés par un fait aussi important que surprenant. La famille Campion était parvenue à créer un vide complet autour d'elle. Monsieur et madame étaient enfants uniques. La branche Campion concevait difficilement et n'avait pu accueillir qu'un seul miracle en la personne de Charles. Quant à l'épouse, Gabrielle, c'est la fuite d'un père qui expliquait l'absence de fratrie, sa mère l'ayant courageusement élevée seule. Le vide semblait s'être ensuite propagé à toute vitesse. Les parents Campion étaient orphelins depuis peu. On pourrait parler d'une famille éradiquée si cette petite ne se tenait pas là, toute droite, au milieu des policiers empressés. Rose était le sujet de toutes les discussions, mais personne n'y prêtait vraiment attention. Pieds nus sur le tapis persan, elle observait les policiers fouiller dans les tiroirs et interroger le personnel de maison. À cette heure-ci, elle devait être à l'école pour apprendre la lettre *i*. Elle imagina ses camarades déclamer en chœur « iiiiiiiiiii » et les envia.

Le désert affectif des Campion s'étendait à leurs agendas respectifs. Ils ne contenaient aucun autre rendez-vous que les visites médicales, rappels administratifs et séances de manucure de madame. Pas de collègue. Monsieur et madame étaient rentiers. L'esthéticienne, le coiffeur ? Quelle femme ne leur confie pas quelques secrets ? Il fut laborieux d'obtenir leurs adresses, car comme de nombreuses villageoises, Mme Campion était convaincue qu'il fallait parcourir quelques kilomètres pour bénéficier d'un service digne de celui de la capitale. Et difficile de dire vers quelle ville son choix s'était porté. Un stagiaire suggéra la voie électronique : « Chef, basons-nous sur les données bancaires relatant les paiements effectués ? » Ernest Jaco sourit aimablement. À la soixantaine, il en avait vu des petits jeunes faire des suggestions sorties de la série télévisée de la veille, donnant l'impression d'une idée brillante alors qu'il s'agissait simplement de la procédure à suivre dans pareille enquête. Pourtant, il ne les rembarrait jamais. On a trop besoin de policiers motivés, répétait-il. Il l'encouragea : « Excellente idée Gaspard, va donc analyser les données disponibles ». Ce début de piste fut rapidement délaissé, le coiffeur et l'esthéticienne identifiés débitèrent la même rengaine que tout le monde : madame était réservée, presque invisible, avaient-ils tenu à préciser.

Depuis son arrivée, le chef ruminait surtout une question : dans combien d'heures faudrait-il trouver un lieu d'accueil pour la petite ? Il avait du flair pour ce type d'affaires et les chances de retrouver Gabrielle et Charles Campion lui paraissaient minces. Il n'osait même pas croiser le regard de la fillette. Sa réputation d'homme expérimenté et compétent le précédait partout mais il pouvait encore se tromper. Du moins, c'était ce qu'il espérait en se grattant nerveusement la moustache. Ils allaient les trouver, se répétait-il, comme si ce mantra était capable d'influencer la tournure de l'enquête.

Une autre difficulté décourageait les enquêteurs. Ils ne parvenaient pas à s'accorder sur le moment de la disparition. La veille, au cours de la nuit ou même au petit matin ? Le personnel de la maison était externe, une équipe composée d'un homme à tout faire, René, et de son épouse, Louise, en charge du ménage et de la préparation des repas. Ils s'étaient présentés à huit heures, tenus à une ponctualité irréprochable. Comme à chaque sortie de week-end, ils avaient découvert un léger désordre, les lits défaits, quelques traces de chocolat sur une rampe, des miettes de pain autour de la table de la cuisine et une pile de vaisselle laissée à leur intention. La maison semblait vide, monsieur et madame étaient partis conduire leur fille à l'école, avaient-ils pensé. Ils avaient commencé à ranger quand ils avaient entendu des pas à l'étage. Ils avaient conclu que l'un d'eux était resté et s'étaient remis immédiatement à la tâche. Mais il fallait écouter les pas avec plus d'attention pour réaliser que ceux-ci étaient légèrement plus sautillants, plus légers que ceux d'un adulte. Dans leur certitude commune, ils s'étaient pressés : elle au linge, lui à réparer la vieille chaudière pour la deuxième fois en un mois, agacé que monsieur ne se résigne pas à la remplacer. Quelques minutes plus tard, aux alentours de huit heures vingt, la petite était descendue.

Rose s'était levée tôt ce matin-là. Après une rapide toilette, elle s'était habillée et avait arpenté la maison à la recherche de ses parents, en vain. Elle avait déjà fait le tour de la demeure trois fois avant huit heures pour finalement choisir de se terrer sous les couvertures du lit parental, les rêver là couchés près d'elle et se mêler à leurs odeurs.

C'est le bruit au rez-de-chaussée qui l'avait sortie de sa mélancolie. Son cœur avait bondi de joie. Ils étaient revenus !

En posant le pied sur la dernière marche de l'escalier, Rose avait aperçu au loin la silhouette familière de Louise. Elle avait appelé quand-même. Maman ? Papa ? En écho le silence. Maman ? Papa ? Louise et René l'avaient rejointe. Ils s'étaient agités autour de la petite et avaient essayé de comprendre. Il fallait informer la police au plus vite.

Vers neuf heures, le chef avait débarqué avec son équipe. Il était désormais quatorze heures et toujours rien. Rien ne pouvant expliquer pourquoi, dans cette belle bâtisse, il y avait une enfant sans parents.

Et s'ils ne revenaient pas ? Scruterait-elle pour toujours les moindres détails de leur dernière soirée ? Le plat préparé par sa mère, les regards et les quelques mots échangés ? Tous ces indices qui n'en sont pas. Quelle histoire Rose retiendrait-elle ? Étaient-ils morts ou partis ? Était-ce sous la contrainte ou sur un coup de tête ? Pire, une décision mûrement réfléchie ?

Au fond, quand décide-t-on d'abandonner son enfant ?

2.

Le 1er juillet 2012

Je nous observe debout dans ce face-à-face silencieux, affaiblis par un long combat et je me demande si j'ai vraiment essayé. Je rejoue mentalement cette dernière scène avant le départ d'Arthur. La tristesse dans son regard ne me fait pas plier. Il passe une main dans ses cheveux pour se donner une contenance et je me rappelle leur parfum la première fois qu'il a posé la tête sur moi. Il l'avait appuyée là, juste à l'orée de mon cou. À ce moment-là, tout était encore possible. J'ai pensé que je pourrais réussir, devenir un être ordinaire qui s'engage dans une relation et la trimballe dans les étapes classiques de la vie. Je me suis imaginée en robe de mariée, avec un ventre rond et j'ai vu nos trois enfants. Puis mon sourire s'est mué en rictus moqueur. J'avais tant de fois échoué ! Comment pouvais-je encore espérer ? Je ne parvenais même pas à faire une liste exhaustive de mes incapacités à aimer. En premier, il y avait bien sûr la peur que l'autre parte. Une peur qui me tenait le ventre dès qu'il passait la porte et ne me relâchait telle une proie épuisée qu'à son retour. Elle me rendait anxieuse, spectatrice impuissante des pires scénarios. Je le voyais trébucher et glisser sous une rame de métro ou victime d'un accident de voiture. Les moyens de transport représentaient clairement ma plus grande source d'inspiration. Bizarrement, je n'imaginais jamais Arthur partir avec une autre. Cette créativité morbide avait malmené notre relation dès le départ, le privant progressivement de sa liberté. Il avait tenu bon malgré tout. J'avais une bonne excuse, me répétait-il, tentant sans doute de s'en convaincre. N'importe quel psychologue de comptoir pourrait justifier ce comportement excessif par la tragédie de mon enfance. Mais au fond de moi, je savais que je pouvais faire mieux, que si je l'avais réellement aimé, je lui aurais offert plus que cette cage dorée.

Au nombre de mes incapacités, il y avait aussi la fureur, sorte de nappe phréatique qui trempe les fondements de mon être et gronde les dimanches pluvieux. Mais grandir en orphelinat, ça fâche, m'excusait-il encore. Et moi de profiter de sa bonté dans un confort coupable. Je restais là dans une relation qui m'allait aussi mal qu'une robe taille empire et j'attendais qu'il craque pour ne pas être la fautive, celle qui renonce à nouveau.

Il y a une musique au loin. Je me force à la murmurer dans ma tête pour me distraire de la rupture qui se dessine sous mes yeux. Quel est le titre encore ? Cet air classique a ironiquement ponctué mon enfance. Je cherche. Oui, c'est cela. L'*Ode à la joie* comme bande son du dernier épisode de cette histoire amoureuse. La vie ne manque pas d'humour.

Dans une dernière tentative d'apaisement, il avance une main vers mon visage et je le rejette encore en reculant d'un pas. Voilà comment je suis face à un homme qui m'aime, une bête sauvage qui fuit dès qu'on l'approche. Contrairement à mes craintes, il n'est finalement pas mort, alors je pulvérise les derniers liens qui nous unissent. Je suis lassée de ce scénario qui se répète, mettant en forme les failles de ma personnalité. Il plisse ses grands yeux sombres pour me sonder tel un objet mystérieux. Il est blessé. Comme tous les autres. Une larme s'égare sur sa joue. Je voudrais tant pouvoir réagir autrement, mais sa souffrance me relègue derrière un mur de glace qui me préserve de toute sensation. C'est toujours ainsi. Un dernier éclat de voix suivi d'une porte qui claque met un point final à une relation ratée.

Voilà ce que je suis devenue. Une Rose qui essaie, une Rose qui lutte contre elle, puis qui échoue inexorablement.

C'est sur ce constat que j'ai décidé de partir. J'ai empilé mes affaires et forcé le cuir de ma valise pour qu'elle accueille plus qu'elle n'a jamais ambitionné. Oscar, un vieil ami, m'avait offert à plusieurs reprises de séjourner un temps dans sa propriété balinaise proche de la ville d'Ubud. Dans un élan, j'ai acheté un billet et je me suis enfuie aussi rapidement que les formalités le permettaient. Comme dans mes rêves, je me suis envolée pour une contrée reculée, un endroit où la tiédeur vous berce tel un fœtus dans le ventre de sa mère. Le voyage était long, mais chaque minute avait le mérite de me séparer davantage de tout ce qui me définissait, mes études, mes échecs et l'homme qui venait de quitter ma vie.

À travers le hublot, j'aperçois un champ de nuages blancs moelleux, un monde douillet en miroir à celui dans lequel je me suis réfugiée. Je ne crois pas être désagréable. Non, peut-être juste un peu lointaine, absente. Comme si j'avais finalement décidé de partir avec eux cette nuit-là en laissant derrière moi un corps animé, un être sans âme voué aux alliances funestes. Je ne ressasserai pas cette dernière rupture qui fait écho à tant d'autres. C'est la meilleure manière d'avancer. Non, en réalité, c'est la seule que j'ai trouvée. Et puis, parler à qui ? Je me vois mal sympathiser avec les deux inconnus assis à mes côtés dans l'avion. L'homme à ma gauche dort depuis deux bonnes heures, un filet de salive reliant délicatement le col de son veston à sa lèvre inférieure. Celui assis à ma droite tape frénétiquement sur un clavier, additionnant les lettres sur l'écran à une vitesse désarmante. Je parviens à m'extirper de mon siège sans sortir M. Salive de son sommeil et me dirige vers les toilettes. Dans le miroir, mes vingt-deux ans me taillent un visage plus adulte, affiné par le temps. Je passe un peu d'eau fraîche sur mes joues et respire profondément. Une fois le col de ma chemise replacé, je tente de la défroisser et la rentre dans mon pantalon. Je persévère en réajustant la bride de mes sandales en cuir et remarque un petit éclat dans le vernis rouge qui égaie mes pieds. Je saisis ma trousse pour arranger cela. C'est mon côté perfectionniste. Je ne supporte pas ce genre de petite négligence. Je me sens à nouveau sereine en passant le pinceau sur l'ongle dégarni. La couleur rouge inonde le point blanc et le couvre uniformément. Il est temps de regagner mon siège, une voix aseptisée annonce un atterrissage imminent. Alors que je marche vers ma rangée, une main m'arrête et au bout de celle-ci un jeune homme d'une vingtaine d'années.

— C'est pour vous, dit-il simplement.

Il me tend une enveloppe, affichant un sourire discret, histoire de rester poli sans s'engager plus.

— Mais, je... bredouillé-je.

Je m'apprête à lui dire qu'il se trompe de destinataire, que je ne le connais pas et que je n'attends pas d'enveloppe, mais l'hôtesse m'enjoint de regagner mon siège en pointant du doigt le voyant allumé « attachez vos ceintures ». Je me résous à m'asseoir, décidée à tirer cette situation au clair dès l'atterrissage. Je retourne l'enveloppe blanc crème pour tenter de l'ouvrir sans laisser de trace, mais elle est scellée. Des initiales *HB* sont gravées dans la cire rouge. Je fais la liste rapide de mon entourage mais cela ne correspond à rien. Je suis sur le point de la déchirer quand je me ravise. Devrais-je la restituer intacte ? Pour tempérer mon impatience, je me répète qu'il suffit juste d'attendre quelques minutes. Je me redresse dans mon siège et boucle ma ceinture, surprise par tant de maturité.

Les vents au sol déstabilisent l'appareil au dernier moment et les roues heurtent le tarmac avec force. Mes deux compagnons de voyage s'agitent déjà sans prêter attention aux consignes de rester assis. Je jette un regard discret vers l'arrière de l'avion pour situer mon inconnu, mais ne distingue que la moitié de son visage, le reste est dissimulé derrière un journal. Il affiche une barbe de quelques jours, ses cheveux bruns tombent en pagaille dans ses yeux et son pull vert bouteille est flanqué de deux pièces en daim pour renforcer les coudes. J'ai toujours apprécié ce genre de petits détails. Ma surprise face à l'enveloppe m'avait distraite du charme du messager. Je m'apprête mais en vain, je n'ai pas dormi depuis vingt heures et ma rupture récente est encore imprimée sur mon visage. Les passagers se lèvent pour rassembler leurs affaires. Je me joins à l'agitation générale, je ne veux pas le manquer. C'est sans compter M. Salive qui prend un temps infini pour ranger des documents dans une serviette visiblement trop étroite.

— Monsieur, pourrais-je passer s'il vous plaît ? Je suis pressée, dis-je timidement.

— Tout le monde est pressé mademoiselle, me répond sèchement celui qui ne l'était pas tant que ça quelques instants plus tôt.

Je dois encore patienter quelques interminables secondes avant de pouvoir me lever. J'essaie de me frayer un chemin vers l'arrière de l'avion jusqu'au siège du bel inconnu. Vide. Comment a-t-il pu quitter l'appareil en si peu de temps ? Je le cherche tout autour, sans succès. Cette situation m'intrigue de plus en plus. Même s'il s'agit certainement d'une erreur, ce semblant d'aventure m'a séduite. L'espace d'un instant, je me suis imaginée agent secret à qui un charmant collègue confie une mission, parcourant le globe, affrontant l'inconnu, contrainte à d'agréables réunions de travail au crépuscule sur une plage déserte. Pour la première fois depuis longtemps, je me sens animée mais, l'homme mystérieux évanoui dans la nature, je dois me résoudre à quitter l'avion en passagère ordinaire. Je le cherche du regard mais il est absent à chacune des étapes du parcours classique. J'accélère le pas, comme si je pouvais le rattraper alors que j'ignore où il se trouve. Une personne lui ressemble et je sursaute. Mais que m'arrive-t-il ? Au point de contrôle, je ne relâche pas mes efforts, c'est une des dernières opportunités de l'intercepter. Je me décale dans la file pour détailler les passagers qui s'y sont engagés et je l'aperçois. Il présente passeport et visa à la douane. Mon rythme cardiaque s'accélère. Pour être honnête, je vois plutôt un coude mais pas n'importe lequel, il est flanqué d'une pièce en daim. Un coude dans cette mêlée turbulente, un coude et je reprends espoir. En réalité, je me trompe, mes yeux veulent me faire espérer : ce n'est qu'une veste posée sur le bras d'un homme qui n'a ni l'âge ni la taille de celui que je cherche.

Déçue, je termine la valse des vacanciers sans trop d'espoir : réception de la valise, sortie de l'aéroport et embarquement dans un taxi. Deux heures de route m'attendent.

3.

Le 18 septembre 1995

Henri se concentrait pour mettre bout à bout la succession d'énigmes que constituait la conversation de ses parents, mais le sujet restait flou. Ils s'exprimaient par bribes, lançant des regards navrés au petit. Sa mère affichait un air grave depuis le début du dîner et son père marmonnait à voix basse. Ils semblaient inconfortables, comme s'ils voulaient répondre à une question mais se heurtaient à leur ignorance. Impuissants.

— Vous parlez de quoi ? demanda Henri.

— Mon chéri, je ne sais pas comment aborder cela mais... essaya sa mère.

Elle se frotta les mains nerveusement et supplia son mari du regard.

Ces dernières heures, son cœur de maman avait été mis à rude épreuve. Comme toutes les mères du village, elle ressassait les mêmes questions. Comment la gamine va-t-elle survivre à la perte de sa maman ? Comment une mère peut-elle partir, vivre, respirer sans la chair de sa chair ? Pourquoi la vie nous met-elle face à de tels drames ? Comment puis-je épargner mes enfants ? Elle était loin, plongée dans cette réflexion anxiogène quand Henri tenta à nouveau d'en savoir plus.

— Papa ?

— C'est à propos de ta camarade de classe. Rose. Rose Campion, tenta son père en butant presque sur chaque mot.

On voyait que le sujet était douloureux, mais il parvint à achever :

— Il est arrivé quelque chose à ses parents, mais on ignore encore quoi. Ils ont disparu.

Sans exiger plus de détails, Henri quitta la table pour se réfugier dans sa chambre. Il connaissait bien Rose, dans sa classe depuis trois ans. De nature discrète, elle se révélait tout autre une fois le portail de l'école franchi. Sa personnalité lui avait valu le surnom de soleil. C'est ainsi que les autres l'avaient appelée un jour de mauvais temps. Et le surnom était resté. Rose avait dû très tôt s'adapter à deux mondes différents, la maison où les êtres et les mots se font rares et l'école où la vie prend sa revanche avec les cris et les autres. Elle avait tenté de prendre le meilleur des deux univers, flâner de longues heures dans la demeure victorienne, courir dans le grand parc et découvrir un temps qui s'étire à l'infini. Et puis, à l'école, rire, se heurter aux limites et voir sa liberté rabotée par une maîtresse ou un camarade. Elle avait pris goût à ces contraintes qui naissent des autres, autant de murs auxquels elle aspirait quand, sur la prairie verte, les heures devenaient interminables.

Henri se rassura, les parents de Rose allaient revenir. Les adultes s'inquiètent vite. Il arrive même qu'ils s'énervent pour une simple trace de boue sur un pantalon du dimanche ! D'un geste rapide, il ôta ses chaussures et s'allongea sur son lit, les bras en croix. Des taches de rousseur révélées par le soleil parsemaient son visage d'enfant. Il ferma les yeux et unit ainsi pour un instant ses longs cils. Les dernières vingt-quatre heures avaient été mouvementées, le mystère de Rose n'était pas la seule énigme de son quotidien agité. Avec un peu de repos, il oublierait vite. Dormir pour ne plus penser. Dormir jusqu'à revoir le soleil. Son soleil.

Au service des Campion depuis toujours, Louise s'était spontanément proposée pour s'occuper de Rose.

— Commissaire Jaco, avait-elle supplié, il s'agit certainement d'une erreur, les parents vont revenir. On ne va pas mettre la fillette à l'orphelinat dès ce soir ? Laissez-lui l'opportunité de digérer les événements. On ne peut pas détruire tout son monde en un jour ! Qui serait assez cruel pour vouloir cela ?

Louise était une femme forte, physiquement et mentalement. Il émanait bonté et douceur de ce visage rond, encadré par une masse de boucles rousses. Comment résister ? Le commissaire, un tendre aussi, n'en avait pas envie. Cette affaire le préoccupait, il s'acharnait à multiplier les ordres et les heures supplémentaires sans que cela donne la moindre piste. Et ce n'est pas la nuit blanche qui l'attendait qui changerait le cours des choses. Ernest Jaco en avait vu dans sa carrière des cas compliqués, mais il y avait toujours au moins un élément qui pointait dans une direction. Ici, rien. Alimentant une culpabilité tenace, il se répétait que, si proche de la retraite, il avait dû manquer quelque chose. C'est vrai qu'à son âge, la vue baisse et le cerveau a besoin de plus de temps pour fonctionner efficacement. Chaque nouvelle heure réduisait son pouvoir d'action et les rapprochait du pire alors il pouvait bien faire un peu de zèle, oublier quelques dispositions et céder pour rendre le destin de la petite moins tragique. Rose fut donc confiée à Louise pour profiter une nuit encore de la vieille demeure aux grincements familiers.

Pour la dernière fois avant longtemps, la petite se dirigea vers la salle de bains parentale. Ses pieds glissèrent sur le parquet chaud et dans une marelle improvisée, elle prit soin de faire chanter la latte flottante que René tardait à réparer. À chaque nouvelle saison, son père insistait pour que la latte soit fixée et René répondait invariablement que cela serait fait sans attendre. Ce même échange se jouait toujours entre deux portes, chaque homme tenant son rôle, Charles Campion celui du garant de la qualité des lieux, et René, celui de l'homme à tout faire prêt à accepter toutes les missions sauf une, une exception qui perpétuait cette valse de la demande et de l'inaction. René ne pouvait pas rompre sa promesse, celle de conserver coûte que coûte la latte en l'état. Aucun des deux hommes n'osait aborder le fond du problème et risquer de mettre en péril cet équilibre délicat. Il aurait fallu se hasarder à la confrontation, d'une part faire le compte des saisons écoulées sans la réparation pour monsieur et, d'autre part, expliquer l'engagement secret pour René. Par lâcheté ou sagesse, ils évitaient l'affrontement et la latte persévérait dans une mélodie à laquelle tous s'étaient accoutumés.

Comme beaucoup de filles de sa classe, Rose était fine et sportive. Son teint clair légèrement rosé et ses cheveux ondulés offraient un tableau délicat. Elle était grande pour son âge, ce qui lui permettait de faire sa toilette dans une salle de bains d'adultes, à condition d'être aidée du petit escabeau fabriqué par Charles, une de ses rares réalisations. Elle monta dessus, ses pieds nus à plat sur le bois travaillé par son père. Goûtant à cette caresse, elle se rappela ses efforts pour affiner la surface afin qu'elle soit la plus douce pour sa fille, peut-être pour qu'elle ait le sentiment de se hisser chaque jour sur ses mains à lui, la portant à bonne hauteur pour apercevoir son reflet dans la glace. Rose tourna le vieux robinet et initia une série de gestes anodins, se débarbouiller le visage, brosser ses dents, dénouer ses longs cheveux. Autant de mouvements qui deviennent cruels quand l'autre disparaît. Avant, quand Rose se préparait au coucher, sa maman était assise sur le bord de la baignoire et son père lui criait du fond du couloir de ne pas oublier de peigner ses cheveux vingt fois comme le faisaient sa mère et sa grand-mère avant elle. C'était dans leurs bras à tous les deux que s'achevait la journée avec une histoire, parfois deux, la voix calme de sa mère, les baisers déposés sur son front par son père. Leurs odeurs et leurs corps tièdes.

Chaque minute de ce rituel nocturne était habitée par eux, chaque minute signifiait désormais leur absence. Qu'avait-elle pu donc faire pour qu'ils renoncent à elle ? Dans les heures qui avaient suivi la disparition, elle avait d'abord ressenti une profonde tristesse. Elle avait tout de suite pensé à un accident et à leur mort. Sinon, comment expliquer la situation ? Elle regardait le monde s'agiter dans sa maison et l'impuissance s'emparer d'elle car que peut-on faire face à la mort de ceux qu'on aime ? Puis, au détour d'une remarque anodine, le doute avait surgi, comme une porte de sortie. Et s'ils n'étaient pas morts, s'ils étaient juste... partis ? Elle s'était engouffrée dans la brèche et n'avait plus voulu lâcher ce nouvel espoir. Mais à six ans, c'est chose impossible de voir le mal dans ses parents, ils sont des héros, des dieux, ils sont parfaits. Oui, elle pouvait espérer qu'ils soient toujours en vie, quelque part sur terre, mais ce serait au prix de la douceur. Et c'est ainsi que sa tristesse infinie se mua en colère. Si ses parents n'étaient pas les méchants qui l'avaient abandonnée alors c'était forcément elle qui avait commis une faute, elle qui les avait fait fuir et c'est cette logique particulière qui guidait désormais ses pensées. Quand avaient-ils arrêté de l'aimer et choisi de vivre une autre vie loin d'elle ? Rose ressassait ces questions en se regardant dans le miroir. Son regard s'était durci en une journée. Un dégoût la gagnait, il prenait la forme d'une violence qui brûle le ventre et donne envie d'hurler. Une férocité qui lui fit lever le poing pour le cogner dans la glace et briser son reflet en autant de morceaux que son être. Le sang glissa sur son poignet et poussé par la gravité, termina sa course en tachant sa robe de nuit blanche brodée d'oiseaux.

Alertée par le bruit, Louise la rejoignit dans la salle de bains. Elle essuya délicatement les taches et pansa les blessures. Elle ne parut pas choquée par le sang, elle comprenait. Elle faisait partie de ceux qui pensent que rien ne sert de parler quand la douleur est forte. Louise n'avait pas eu la chance d'être mère, mais elle en avait clairement l'instinct. Elle prit la petite contre elle, sans un regard pour la robe de nuit rosie et lui raconta encore une fois sa naissance, ses premiers pas, sa première purée, ses premiers mots. Tous ces moments auxquels elle avait assisté de loin, comme la Louise qui s'occupe de tenir la maison. Avec des mots simples, Louise lui murmura que la suite n'était pas toute tracée, qu'elle ne serait pas toute seule. Rose n'écouta pas vraiment ce soir-là, mais une partie d'elle se laissa imprégner par la mélodie de cette phrase répétée encore et encore, telle une prière destinée à influencer le cours de son histoire : « S'il te plaît, laisse les autres t'aimer. »

Louise veilla l'enfant. Son corps imposant, allongé aux côtés de celui de Rose, débordait du petit lit. Elle n'avait pas voulu entamer le confort de la petite et prendre la place que sa corpulence d'adulte bien portante méritait. Le cadre du lit lui scindait le dos, une douleur bien légère face à la tragédie qui se jouait sous ses yeux. Elle caressa les cheveux de Rose comme elle l'aurait fait avec sa propre fille, elle la regarda respirer et goûta à ces minutes rares et précieuses. Elle pensa à nouveau aux derniers mots d'Ernest Jaco. « Pas de famille pour les parents Campion. Personne pour hériter de l'argent ou de l'enfant. Le tout serait donc placé. Rose dans un orphelinat du coin pour continuer sa scolarité dans le même établissement et l'argent de la famille sur un compte en banque jusqu'à ses dix-huit ans. »

Louise aurait aimé garder Rose contre elle pour la protéger mais de quel droit pouvait-elle se prévaloir ? Aucun lien de sang, aucun écrit des parents. Elle avait beau connaître chaque détail de la vie de Rose, au regard de la loi, elle n'était personne. Au petit matin, elle habilla l'enfant, boucla sa valise et lui fit ses adieux.

Rose franchit le portail de l'école et parcourut le chemin jusqu'à sa classe, les yeux rivés sur ses chaussures. Le temps était gris mais sec. Inutile de lever la tête, elle connaissait par cœur le chemin. Elle se concentra sur le bruit du gravier se dispersant sous la pression de ses pas et décida d'aller directement s'installer en classe. Sa maîtresse était une longue perche toute fine, les cheveux noués dans un chignon serré. Depuis sa chaise, c'est d'ailleurs tout ce que Rose pouvait apercevoir à cet instant précis. Madame Geneviève était derrière son bureau, la tête enfouie dans son cartable et en remuait le contenu, ses lunettes perchées sur le bout de son nez. Elle sortait de temps à autre un objet et restait concentrée sur sa tâche, sans même un regard pour ses élèves qui venaient s'asseoir au compte-gouttes dans la classe. Tant mieux, se dit Rose, en tripotant les boutons de son gilet bleu marine. Elle avait hâte que sa maîtresse commence pour penser à autre chose. Elle craignait les autres et les questions qu'ils pourraient lui poser. Avec ses pieds posés à plat sur le sol, son buste légèrement en avant et ses cheveux en bataille, elle paraissait sur le départ d'une course.

Rose avait beau réfléchir, elle ne comprenait pas ce qui avait pu se passer. Où étaient-ils partis ? Comment avaient-ils pu disparaître sans faire de bruit ? Sans laisser de trace ? Leurs voitures étaient toujours garées devant le vieux garage. Le sac de sa maman était pendu dans l'entrée. Leurs manteaux aussi. On était à la belle saison mais quand même ! « On aurait pu croire à un tour de magie », avait lancé maladroitement un policier sans un regard pour la petite postée près de lui. Mais Rose savait déjà que la magie n'a droit de cité que dans ses rêves et qu'en aucun cas, elle ne pourrait arracher deux habitants à leur petite vie bien rangée.

Au-delà de ces questions, un détail la tracassait depuis quelques heures, il s'agissait presque d'une certitude. Elle n'avait pas osé en parler à la police ni à Louise. Personne n'avait cru bon l'interroger, on supposait qu'elle n'avait rien vu ni entendu. Il lui avait fallu du temps pour mettre le doigt sur ce qui la titillait. Pendant la nuit, elle avait profité du sommeil de Louise pour parcourir la maison malgré la fatigue et les émotions qui brouillaient son esprit. Tout avait l'air désespérément à sa place. Comment trouver une anomalie dans un univers tellement connu ? Par dépit, elle s'était recroquevillée dans un vieux fauteuil en cuir. Assise en boule face au lit de ses parents, elle tentait de se remémorer leurs derniers gestes. Non, il n'y avait rien de particulier. Elle devait remonter encore dans le temps, sur le fil ténu de ses souvenirs. Elle ne voulait pas aller dormir ce soir-là et s'était mise à sauter sur le grand lit, sa mère essayait de la raisonner et derrière elle, son père se préparait pour leur balade, enfilant une écharpe. Il paraissait sérieux, presque fâché. Encore une fois, il laissait Gabrielle se débrouiller seule avec sa fille. L'image se figea soudain. Là ! Rose se redressa, elle avait perçu quelque chose dans ce tableau, derrière sa mère suppliante. Bien sûr ! Pourquoi n'y avait-elle pas pensé plus tôt ? Avant la promenade, son père avait enlevé son bien le plus précieux pour ne pas risquer de l'abîmer. Une montre au mécanisme complexe qu'il remontait patiemment chaque matin à la main. Sa mère l'avait tant de fois taquiné sur sa dévotion pour un simple objet qui vous indique l'heure. *Une montre que chaque génération se transmet depuis cent cinquante ans*, geignait Charles pour se défendre. Un bien qui passe d'un valeureux Campion à un autre. Rose en était sûre maintenant. Comme pour chaque sortie, il l'avait enlevée et posée sur la table de nuit. Elle se leva d'un bond pour vérifier, passa la main sur le marbre lisse du chevet, puis regarda sous les meubles. Rien. C'est le tic-tac de la trotteuse qui manquait à la pièce. La montre avait disparu.

Sa réflexion fut interrompue par le brouhaha des élèves, un bruit de chaises et des bavardages confus. La classe allait commencer. Madame Geneviève se leva et prit position au centre de l'estrade, à l'endroit précis où elle donnait tous ses discours. Elle lissa sa jupe droite et se racla la gorge, autant de tentatives vaines de retarder un moment qu'elle redoutait.

— Mes enfants, un peu de silence s'il vous plaît. Il arrive une bien triste histoire à votre camarade Rose.

Rose sentit tous les regards se poser sur elle, puis se détourner rapidement pour ne pas l'embarrasser.

— Nous ne savons pas encore ni pourquoi ni comment, mais le papa et la maman de Rose ont disparu. On ignore où ils auraient pu se rendre.

Madame Geneviève saisit le regard inquiet de la chouchoute au premier rang et son discours fut détourné par lui.

— Je ne veux pas que vous ayez peur. C'est tout à fait exceptionnel... En fait, cela n'arrive jamais. Enfin presque jamais.

La maîtresse se tortillait les mains, en proie à un profond malaise. On ne vous prépare pas à ce genre de situation ! Que dire ? Elle se sentait perdue face à ces vingt paires d'yeux qui attendaient sagement la suite de sa déclaration.

— Donc, je disais : Rose traverse une épreuve difficile et nous devons l'épauler.

Pour la première fois, elle regarda la jeune élève et sentit les larmes lui chatouiller les yeux. Comme tout le monde, elle avait beaucoup d'affection pour la petite. Pas pour ses bons points, non, pour la chaleur et l'humour qu'elle distillait dans la classe. Dans tout groupe, chacun tient un rôle. Cela, Madame Geneviève l'avait bien compris après quelques années de métier. Et si Rose abandonnait le sien ? Il ne fallait pas y penser. On ne connaissait pas encore l'issue de cette affaire. Elle devait rester optimiste, surtout devant les enfants. Madame Geneviève respira profondément et tenta de mettre de l'ordre dans ses émotions. La fin de son message était difficile et il lui faudrait du courage, beaucoup de courage. Elle se répéta mentalement une injonction impossible à tenir quand on choisit de dédier sa vie aux enfants et qu'on les voit évoluer, jour après jour, pendant plusieurs années. Ne pas pleurer. Ne pas pleurer. Ne pas pleurer.

— Rose n'a pour l'instant plus de famille. Elle va être recueillie dans un orphelinat de la région en attendant que nous retrouvions ses parents.

Madame Geneviève tenta de prononcer cette dernière phrase avec tout l'optimisme qu'elle pouvait trouver en elle en ce début de journée difficile.

— Je pense que, dans l'attente, chacun de nous devrait se considérer sa famille et la traiter comme telle. Je compte sur vous les enfants. Rose, je suis là si tu as besoin de quelque chose.

Elle termina abruptement et passa à la leçon de calculs.

Madame Geneviève avait fait de son mieux, mais les enfants avaient déjà compris en voyant leur camarade arriver à l'école que tout serait différent. Ils avaient vu Rose traverser la cour de récréation et avaient fait un premier pas vers elle, voulant enfin comprendre pourquoi les adultes étaient dans tous leurs états depuis hier. Mais même chez un enfant la sagesse peut prendre le pas sur l'envie. Les enfants du village ont eu tout le temps de s'intéresser à l'autre, leur activité principale consistant à regarder la vie s'écouler. Ils sont devenus experts dans le décryptage de regards, de gestes dérisoires ou de soupirs. Ils savent repérer quand papa est déçu par la vie ou quand maman renonce à elle-même.

Voir Rose trottiner en se faisant petite telle une souris, sentir qu'elle aurait préféré disparaître dans ses chaussures ou se cacher derrière son cartable, il ne leur en fallait pas plus pour décider d'offrir à Rose le droit d'être invisible. Ils pouvaient attendre et vivre avec une énigme de plus. Les mystères peuplaient déjà leur vie d'enfant. Pourquoi papa s'assied quand maman range ? Pourquoi maman préfère-t-elle jouer toute seule dans sa cuisine plutôt qu'avec nous dans le salon ? Pourquoi faut-il prendre un bain tous les jours alors qu'on se salit le lendemain et qu'il faut tout recommencer ?

Les camarades de Rose avaient envie de l'aider mais comment ? Lui dire « *Rose on t'aime* » alors qu'eux sont partis. Ils étaient perdants d'avance. Ils firent de leur mieux pour adoucir son quotidien : ne l'approcher que si vraiment nécessaire, lui parler de tout sauf de cela, faire comme si rien ne s'était passé parce que si rien n'est arrivé, cela signifie qu'ils ne sont pas partis. Et s'ils ne sont pas partis alors Rose est toujours un soleil. Pour eux. Et puis surtout pour elle.

4.

Le 1er juillet 2012

La nuit ne va pas tarder à tomber sur la communauté indonésienne qui s'affaire dans un murmure continu. Depuis le taxi, j'aperçois une mère suivie de jeunes enfants docilement alignés en file indienne. Par quelques gestes délicats, elle guide une progéniture confiante dans ces rues bondées. Une part de moi se crispe face à ce spectacle, il réveille des craintes profondes de ne jamais pouvoir vivre ce lien maternel, ni comme enfant ni comme mère d'ailleurs. J'ai l'impression d'être inapte à vivre une relation paisible. Comme ces jouets défectueux qui doivent être renvoyés à l'usine, je n'ai pas été produite correctement et suis vouée à dysfonctionner. C'est vrai que je ne suis pas simple, je n'ai de cesse de tester l'autre et, malgré tous ses efforts, je reste convaincue qu'il m'échappera. Pourtant, j'essaie. J'observe les autres pour m'instruire de leurs succès, tout semble aisé pour eux, ils se meuvent dans leur quotidien avec la confiance que chaque jour leur offrira la somme des personnes présentes dans le précédent.

Évidemment, c'est plus facile quand on croit que tout le monde va rester. Comme une élève studieuse qui veut désespérément devenir normale, je scrute leurs attitudes, les mots qu'ils utilisent, leurs réactions. Je lutte pour devenir une autre et souffre de constater que je reste la même. Le petit groupe s'éloigne et se transforme en points colorés dans le rétroviseur poussiéreux. Les rues sont encombrées de part et d'autre d'échoppes aux tons vifs, procurant une réalité augmentée à l'Occidentale que je suis. Confortablement installée dans l'habitacle climatisé, je perçois les voix qui animent la ville, autant de sons aux tonalités exotiques. J'aime ce moment de la journée où le temps semble ralentir et laisser place à la flânerie. J'ouvre la fenêtre et passe une main, un vent chaud enveloppe mon bras tel un châle en cachemire, doux, léger et apaisant.

La tristesse des dernières heures a lentement fait place à une curiosité pour l'aventure qui m'attend. Ce pays, je le fantasme depuis longtemps. Je n'en connais rien excepté ce qu'une expérience d'un nourrisson de quelques jours a pu laisser comme souvenirs. Mes parents séjournaient dans une des propriétés de famille de mon père, profitant d'une dizaine d'hectares de nature pour adoucir les semaines entourant ma naissance. La maison s'élevait sur trois étages et comptait une dizaine de chambres dans lesquelles le mobilier de base semblait s'être reproduit inlassablement : un lit à baldaquin, deux tables de nuit, une coiffeuse et quelques fauteuils recouverts d'un tissu en lin clair. Les pièces demeuraient pourtant uniques, décorées grâce aux trouvailles de mes ascendants, de la couverture patchwork rouge et fuchsia cousue à l'aide d'étoffes achetées sur un petit marché par ma grand-mère, à la vieille horloge chinée par mon arrière-grand-père. Chaque expédition décorait une chambre, la transformant en un petit musée racontant les histoires qui l'avaient habillée.

Les grandes baies vitrées des pièces principales offraient une vue imprenable sur la longue piscine creusée dans la roche, puis sur la plage et l'eau qui s'étend à l'infini. À l'arrière, le spectacle était également époustouflant, les jardins jalonnés de massifs colorés au parfum de jasmin se muaient progressivement en prairies, bois ou rizières. Ma mère s'installait dans un vieux fauteuil pour contempler ce paysage dont chaque lumière révélait un nouvel attrait. Tout dans la maison avait été fabriqué dans des matériaux nobles et authentiques, du bois, du bambou, de la pierre, ce qui accentuait encore la sensation de bien-être. Elle m'avait souvent parlé des mois passés en Indonésie comme d'une bouffée d'oxygène pour l'aventurière qu'elle était. Elle s'amusait à me décrire les lieux en détail, puis quand mes yeux pétillaient suffisamment face à ce qui ressemblait tant à un château, elle enchaînait sur l'histoire intense de l'accouchement et là, je retenais carrément mon souffle.

Mes parents avaient le projet de faire venir notre médecin d'Europe pour un accouchement naturel à domicile, mais je m'étais manifestée un mois avant la date du terme, bousculant leur plan. Un matin, en pleine rue, la poche des eaux s'était rompue. Ma mère me répétait toujours, amusée par sa naïveté : « Tu t'imagines ma chérie, je suis restée d'abord immobile, me demandant ce qui m'arrivait ! » Au milieu de cette flaque, elle souleva un pied puis l'autre pour sauver ses jolies sandales en cuir et s'attarda sur sa longue jupe vieux rose mouillée par endroits. Elle regarda autour d'elle pour appeler à l'aide, mais seul mon père lui répondit par un haussement d'épaules. Puis, elle se rappela les instructions du médecin et comprit. Son pouls s'accéléra, mais elle garda son calme et ils se rendirent à l'hôpital. L'établissement rustique qui avait vu défiler des drames et des civières persévérait à se dresser fièrement. Comme il fallait bien se contenter de l'infrastructure locale, mon père resta silencieux devant la peinture défraîchie et prit son épouse par le bras pour la soutenir.

Ma mère poursuivait toujours son récit avec plus d'émotion, m'expliquant le défi de mes premiers instants de vie. Car oui, avait-elle pour habitude de dire avec emphase : « Tu as frôlé la mort ! » Enfin, c'est en ces termes que je m'en rappelle. La salle d'accouchement était sommaire et le travail particulièrement délicat, l'enfant se présentant mal. Des heures de souffrance plus tard, l'infirmière avait pu saisir le nouveau-né pour l'emmailloter dans un linge dont l'usure indiquait qu'il avait déjà accueilli quelques centaines de bébés. Le premier examen n'était pas satisfaisant, il y avait un problème. Épuisée par ses efforts, ma mère ne comprenait pas grand-chose de ce qui se disait autour d'elle. Mon père tentait d'en savoir plus, mais son anglais hésitant ne lui offrait que des fragments d'informations. J'avais un peu de fièvre et les paramètres n'étaient pas normaux. Selon les documents du médecin traitant de ma mère, j'étais prématurée de plusieurs semaines et pourtant, mon poids et ma taille étaient plus que convenables. Une chance inouïe, paraissait-il. Mon arrivée sur terre fut donc agitée mais j'étais robuste. J'avais bataillé ferme sous les yeux mi-clos d'une mère exténuée et la vie avait pris le dessus pour toutes les deux. Elle m'avait enfin regardée, embrassée et cela avait suffi à déloger le dernier virus. Du moins, c'était ainsi que ma mère présentait les choses et moi, du haut de mes six ans, j'avais bien envie de croire à ses histoires de bisous magiques qui guérissent !

Je me rappelle cette photographie écornée où elle me tient dans ses bras, exténuée mais heureuse. J'imagine les efforts qu'elle a dû faire pour se rendre présentable pour ce premier témoignage public de son rôle de maman. Sans doute m'avait-t-elle nourrie pour m'apaiser, puis avait revêtu cette jolie chemise de nuit blanche brodée de roses claires délicates, brossé ses longs cheveux et attaché quelques mèches à l'aide d'une pince. Elle s'était redressée dans le lit, le dos soutenu par quelques coussins, pour sourire malgré les contractions de retour. Sur le cliché, elle me regarde et semble comblée. Je dois avoir quelques jours seulement. On voit une petite main qui se tend, comme si elle voulait caresser la joue maternelle. Je me rappelle de ces doigts déterminés et je suis touchée par cette confiance. Ma mère était déjà tout mon univers.

— Mademoiselle, vous êtes arrivée, répète le chauffeur de taxi légèrement excédé.

Je sors de ma rêverie et paie le montant affiché au compteur. On m'ouvre la porte sur une nuit noire. Une femme se présente une lanterne à la main et me parle avec un accent prononcé, sans doute celui des gens du pays.

— Vous êtes l'amie de monsieur ? Rose ?

— Oui...

— Bienvenue mademoiselle. Avez-vous fait bon voyage ?

— Oui, merci.

Je mens. Les échanges banals avec des inconnus me mettent mal à l'aise alors j'essaie de donner la réponse la plus évidente, celle qui n'exigera pas de développement, quitte à laisser la vérité de côté. En réalité, la route était cabossée, j'ai eu la nausée pendant tout le trajet et la nuit est tombée si rapidement que je n'ai rien pu voir des paysages qui me séparent désormais de l'aéroport.

— Je m'appelle Lila, poursuit la femme.

Une longue chevelure noire et brillante s'épanouit jusqu'au milieu de son dos et sa peau mate met en valeur un sarong en soie rose fuchsia. Tout a l'air simple, facile dans sa tenue. On imagine le poids de la tradition dans chacun des plis du vêtement, dans l'entretien de sa chevelure, dans les traits qui cernent ses yeux. La vraie beauté est évidente.

— Enchantée.

— Vous devez être fatiguée. Votre lit est prêt. Je peux réchauffer un peu de riz au curry si vous souhaitez manger quelque chose.

— Cela ne sera pas nécessaire, merci.

— Suivez-moi. Je vais vous montrer votre chambre.

Nous nous partageons mes bagages. Lila m'entraîne sur un chemin et, une centaine de mètres plus loin, je découvre une demeure à peine éclairée. La bâtisse à l'allure coloniale est imposante, mais la couleur ocre de ses pierres la rend chaleureuse. Je pose la main sur le mur longeant la porte d'entrée pour sentir la chaleur accumulée au cours de la journée et profite du parfum des nuits indonésiennes, ces effluves d'épices et de fleurs flottant dans l'air tiède. Comme mon hôtesse me regarde bizarrement, je souris gênée et me décide à entrer. Le plafond du hall est magnifique, ses mosaïques dessinent une jeune mariée dansant devant son époux ébahi, tous deux entourés d'invités aux tenues flamboyantes. La scène me rappelle le mariage d'un ami du maître des lieux. Quelques années plus tôt, à Hampi en Inde, il s'était uni avec une jeune Indienne qui ressemblait étrangement à celle qui flotte au-dessus de ma tête. Aujourd'hui, Oscar partage sa vie entre Cochin et Ubud, où il a acheté cette maison, celle de ses rêves. La fatigue aidant, je décide de reporter la visite au lendemain. Nous gravissons lentement un escalier aux marches de bois clair et Lila ouvre la porte sur la chambre d'ami. Au centre de cette grande pièce, un lit surmonté d'un voile léger et, sur la droite, en dessous d'une large fenêtre, une baignoire d'époque. La chambre est baignée d'une lumière douce et un parfum d'antimoustique élimine mes dernières crispations. Lila me laisse seule et je m'effondre aussitôt sur le lit. Dans un dernier effort, je me déshabille et me glisse sous les draps sans même prendre le temps d'enfiler une robe de nuit. En quelques secondes, je m'endors. Paisiblement.

Douze heures plus tard, j'ouvre enfin les yeux, l'esprit embrumé. Il me faut un instant pour me rappeler où je suis. Je m'étire lentement, caressant les extrémités du lit. Un voile plane au-dessus de moi comme un hymne à la volupté. Cela me rappelle les campements improvisés de mon enfance, en plus beau bien sûr. Je parcours la pièce du regard. Elle est peu meublée. Deux fauteuils en cuir brun foncé se font face autour d'une petite table en bois telle une invitation à la lecture en amoureux. Près de la baignoire se trouve une vasque d'une forme élégante, surplombée d'un miroir ancien et un *rocking-chair* a été disposé devant la fenêtre pour admirer le paysage. Je le regarde avec envie. Le mouvement de balancier m'a toujours plu. Il est ancré en moi plus que n'importe quel autre. Mon corps incline naturellement vers cet état et tout semble alors se réajuster, jusqu'au plus petit atome. C'est pour cette raison que j'aime le voilier, n'être plus que ce mouvement et se fondre dans les flots bleus loin du rivage.

Le bruit des casseroles provenant de la cuisine me décide à faire une toilette rapide. L'eau fraîche sur mon visage est un délice que je m'empresse de renouveler, peu habituée à la chaleur humide qui règne ici. Dans la valise, mes vêtements compressés ont imprimé des plis irréguliers et je me demande comment les hôtesses de l'air parviennent à conserver leur tenue intacte. J'ai pourtant enroulé patiemment chaque vêtement sur lui-même, suivant les instructions du pliage à la mode. Mes yeux parcourent la série de rouleaux qui colorent l'intérieur de ma valise et s'arrêtent sur un tissu clair, une robe écrue légèrement décolletée devant et dans le dos. Je l'enfile, appréciant la douceur du coton sur ma peau et m'assieds face au miroir. Mon reflet me renvoie un visage reposé, serein. J'ai toujours admiré ceux qui savent être détendus en toutes circonstances. Ces êtres qui se promènent comme s'ils avaient tout le temps, comme si rien ne pouvait jamais être grave ni urgent. Convaincus que rien ne pourra leur arriver, ils traversent la vie, un sourire sur les lèvres. Voilà à quoi je ressemble ce matin. À une personne détendue. Difficile à croire que celle qui anticipe les moindres soucis potentiels puisse enfin lâcher prise ! J'en connais beaucoup qui riraient...

Une couche de crème et une pince dans les cheveux plus tard, je dévale les escaliers, attirée par l'odeur du pain frais. Je me laisse guider par ma gourmandise et trouve du premier coup la porte de la cuisine. Le vieux four à pain est assurément le meuble star de cette pièce avec son antre s'ouvrant sur au moins un mètre de large. Adossé à un mur et bâti de briques blanches, il s'élève sur plusieurs mètres, reliant le sol au plafond. Au centre de la cuisine, une longue table en bois est dressée pour une seule personne. À cette vue, la solitude m'envahit, mais pas pour longtemps. Lila pousse la porte et me lance un joyeux bonjour.

— Avez-vous bien dormi Rose ?

— Oui, c'est si paisible ici.

— J'imagine que vous devez avoir faim ! Asseyez-vous, je vais vous servir un petit déjeuner.

— Vivez-vous ici toute l'année ?

Lila ne semble pas gênée par la question. Concentrée sur la préparation de l'assiette, elle met un temps à répondre.

— À vrai dire, je vis dans un petit village à vingt minutes de marche d'ici. Il m'arrive parfois de rester dormir lorsque la nuit est tombée. Comme hier par exemple.

— Vivez-vous là avec votre famille ?

Je dois donner l'impression d'avoir autant besoin de parler que de manger. En réalité, j'ai la fâcheuse habitude de poser beaucoup de questions pour éviter que l'on m'en pose. Lila se prête peu à l'exercice, dessinant diplomatiquement quelques limites à respecter. Âgée aujourd'hui d'une quarantaine d'années, la vie ne l'a pas épargnée. Son mari est décédé quelques années plus tôt lors d'un tremblement de terre. La vie et la mort dépendent souvent de quelques hasards et ce jour-là, Lila était au marché du village voisin avec ses enfants. Elle connaissait son mari depuis l'enfance. Avant le drame, elle n'avait pas vécu un jour sans le voir. Son visage faisait partie de tous ses souvenirs et leurs personnalités s'étaient construites au contact l'une de l'autre, érodées par les traits que chacun développait. Leur union avait donné quatre filles et les rires avaient empli la maison au bout du village. Ils s'étaient suspendus quelque temps à la mort du père, puis, entourée de ses filles, Lila avait continué à vivre. Les cinq femmes ne manquaient pas de se retrouver le soir avant le coucher pour échanger les confidences de la journée. La mort de leur « homme », comme elles l'appelaient souvent, les avait soudées encore davantage.

Lila opte pour une réponse simple et une petite voix en moi me supplie de la laisser tranquille.

— Oui, je vis avec mes enfants. Je dois partir quelques heures, mais je reviendrai en début de soirée. Je vous laisse découvrir la maison.

— Merci Lila. Bonne journée.

Oscar m'avait souvent parlé de son petit paradis et ses paroles reflètent bien la réalité. Devant moi, une terrasse surplombe un poumon vert. Une piscine à débordement d'un bleu cristallin vient lécher un sol de pierres anciennes et semble verser ses flots dans le vide. L'explosion de couleurs et de végétation qui jaillit devant mes yeux n'avait jusqu'alors existé que dans mes rêves. Je m'allonge sur une chaise longue au bord de l'eau. L'esprit apaisé, je m'imprègne du spectacle. Je pourrais passer des heures à le contempler. Voilà un beau projet. Et pour une fois, je suis à la hauteur, me dis-je avec une pointe de sarcasme. Mais mon cerveau se remet déjà à fonctionner. Je repense au petit déjeuner de ce matin. Ai-je été indiscrète avec Lila ? Oui, sûrement. Mes pensées m'emmènent ensuite dans la journée de la veille. La route jusqu'ici et la découverte du domaine. Plus tôt dans la journée, l'avion et... Comment ai-je pu l'oublier ? L'agent secret. L'enveloppe. Elle est sans doute encore dans la poche de ma veste.

Je bondis de ma chaise et manque de trébucher sur mes sandales. Je ne prends pas la peine de les chausser et me précipite vers ma chambre. Un sentiment délicieux parcourt mes veines. Celui de perdre la tête ? Une envie d'aventure ? Cela y ressemble, mais il y a quelque chose en plus. J'ai déjà vécu cette légèreté, quand j'étais encore insouciante... Non, ce que je ressens avec force pour la première fois depuis longtemps, je sais ce que c'est. Je me rappelle maintenant. C'est de l'espoir.

5.

Automne 1995

Les jours s'étaient écoulés depuis la disparition et le commissaire Jaco commençait à s'essouffler. Il n'avait jamais fait face à une telle énigme et, chaque matin, il espérait se réveiller d'un mauvais cauchemar. Comment ne pas s'arracher les cheveux avec si peu d'éléments ? Les Campion n'avaient quand même pas été enlevés par des extraterrestres ! Son équipe s'était d'abord dévouée presque nuit et jour puis, face au manque d'indices, ils avaient tour à tour baissé les bras. Fatigués et las, ils avaient l'impression de s'activer comme des hamsters dans une cage, sans but précis ni utilité. Comment garder l'espoir après tant de jours sans résultat ? Il se disait dans les couloirs du commissariat qu'Ernest Jaco était trop impliqué, qu'il se faisait vieux. « Il aurait dû mettre au moins une partie de ses effectifs sur une autre affaire au lieu de s'acharner sur cette disparition », murmurait-on dans son dos. Mais sa détermination était inébranlable.

Ce matin-là, il était plongé dans un épais dossier. À travers la vitre qui séparait son bureau du reste des employés, on le voyait entortiller le bout de sa moustache autour de son doigt, comme il avait l'habitude de le faire pour mieux se concentrer. Ernest était accoudé à son bureau depuis des heures. Il fallait d'urgence relancer l'affaire s'il ne voulait pas perdre définitivement l'intérêt de sa hiérarchie. Comme il l'avait fait tant de fois dans son métier, il avait étudié la situation et remis en question sa stratégie. La solution était de se fixer un nouveau but. Ernest décida donc d'éplucher le dossier une nouvelle fois dans l'espoir de trouver au moins un élément inexpliqué, une anomalie dans l'histoire des Campion. Son intuition lui indiquait qu'il avait laissé passer quelque chose et il n'aimait pas ça. Il avait donc choisi d'approfondir ses recherches, sans doute plus que pour n'importe quelle autre disparition. Il avait chargé Annabella, son assistante, de lui fournir l'historique complet de leur vie en élargissant le périmètre d'investigation au maximum, leurs études, leurs voyages, leurs extraits de compte, leurs moindres achats, bref tous les détails de leur passage sur terre.

Cette requête le renvoyait à son parcours à lui. Quelles traces laisserait-il le jour du grand départ ? Le commissaire pensa à son épouse, à leurs enfants qui avaient quitté le nid. Martha avait toujours été douce et patiente avec lui, le soutenant dans son métier difficile. Et si leurs vies devaient se traduire en une pile de papiers, comment serait-elle ? Élevée ? Pas pour Martha, songea-t-il. Elle se glissait discrète dans un quotidien surtout habité par les autres et leurs désirs. Elle revendiquait peu, n'achetait pas grand-chose pour elle et n'espérait ni voyages ni acquisition de nouveaux biens. L'arrivée d'Internet l'avait laissée indifférente et elle avait juré que jamais elle n'enverrait un email. Martha se satisfaisait d'une vie simple, ponctuée de thé entre amies et de moments en famille. Ce n'était pas par sacrifice, elle ne se plaignait que rarement d'ailleurs. Non, en se représentant sa femme, Ernest se disait plutôt que telle était sa façon de s'intégrer sur terre, comme une douceur qui permet au système de fonctionner efficacement et sans heurts. Il ne voyait pas ce rôle comme secondaire, au contraire, il devait à Martha la réussite de leur mariage, l'épanouissement des enfants et le sien sans doute aussi. Elle était la star modeste de leur foyer et la hauteur de sa pile de papiers ne lui ferait certainement pas honneur...

En arrivant à l'aube dans un commissariat silencieux, Ernest avait été surpris de découvrir les centaines de pages déposées sur son bureau. Son assistante était efficace, certes, mais il ne soupçonnait pas que la vie des Campion puisse générer tant d'informations ! Au début de l'enquête, il avait consulté une série de documents sur son ordinateur, mais rien ne valait une version papier pour analyser les choses en détail. Il devait mettre toutes les chances de son côté.

Une grande partie des documents concernait les propriétés héritées de l'empire Campion. Charles s'était retrouvé à la tête d'une véritable fortune, ce qui aurait constitué un excellent mobile si des héritiers potentiels se profilaient à l'horizon, mais la branche Campion était désespérément peu fournie. Ernest avait parcouru des pages entières décrivant des demeures somptueuses et des immeubles cossus aux recettes élevées. Une vie de confort, s'amusa Ernest qui n'avait jamais eu l'opportunité de dépenser sans compter. Les propriétés étaient éparpillées dans plusieurs pays, un patrimoine amassé au fil des voyages entrepris par les générations Campion. L'arrière-grand-père de

Charles, dénommé Charles comme tous les aînés de la lignée, avait fait ce rêve de pouvoir visiter le monde tout en restant toujours chez lui. Une lubie portée par sa descendance et qui commençait à s'étioler sous le règne actuel.

En effet, le peu d'informations que le commissaire avait pu récolter sur Charles Campion offrait un profil psychologique plutôt craintif et léthargique. Il n'était pas le genre à s'envoler pour des destinations inconnues, encore moins à conquérir un nouveau territoire. Les rares personnes qui le côtoyaient peignaient un portrait assez terne de cet homme qui possédait tant. Charles incarnait parfaitement l'adage *l'argent ne fait pas le bonheur*. Il était plutôt taiseux, peu souriant, certains s'aventuraient même à le décrire anxieux. Son médecin traitant lui prescrivait régulièrement des somnifères et avait diagnostiqué un profil angoissé. Charles paraissait s'être terré dans une routine quotidienne dont il ne déviait que rarement, comme si le monde extérieur représentait un danger. Une routine pour chaque saison. Sa personnalité semblait à l'opposé du caractère habituel des Campion, des hommes forts, courageux, ambitieux. Ils étaient de grands sportifs alors que Charles, lui, ne savait même pas nager ! Plus d'un Campion devait se retourner dans sa tombe en regardant s'éteindre en lui la lignée masculine. C'est à peine si l'homme chétif occupait la place que la vie lui accordait, un triste dernier représentant pour une famille flamboyante.

Son épouse Gabrielle était discrète également, mais d'une discrétion plus travaillée, comme si elle s'était forcée à calmer le feu qui brûlait en elle. On la voyait souvent joyeuse, même enthousiaste, puis soudain, elle se ravisait, dissimulant ses élans sous un vernis de bienséance. Elle ne voulait pas faire de vagues. Ernest Jaco avait noté dans son carnet une phrase de Louise, une phrase qui le tracassait. Il sortit son calepin pour la relire : *On dirait que Gabrielle ne voulait pas qu'on s'aperçoive qu'elle était en vie. C'était paradoxal, elle qui justement était tellement vivante.*

Ernest se plongea à nouveau dans son dossier. Annabella avait imprimé un rapport récent sur la fortune des Campion. Il tenta de se concentrer sur son contenu et commençait à perdre patience quand son attention fut attirée par quelques lignes. Il aurait juré que ces données étaient différentes de celles dont il avait pris connaissance quand il avait lu le rapport pour la première fois, le lendemain de la disparition. Il se frotta les yeux, pensant que la fatigue lui jouait des tours et essaya de clarifier la situation. Mais non, il en était sûr, trois lignes avaient été modifiées et indiquaient désormais que des propriétés avaient été vendues. Il fallait vérifier, comparer les données. Mais où était ce premier rapport ? Il fouilla sans succès les piles de documents qui se dressaient derrière lui. Il grommela quelques incantations à saint Antoine pour l'assister dans sa quête, en vain. Il appela Annabella à la rescousse. Elle lui fit remarquer qu'il avait consulté le rapport en ligne. Pourquoi n'avait-il pas eu le réflexe de l'imprimer ? Trop peu de sommeil, trop de travail, toujours les mêmes coupables... Il ne pourrait compter que sur son cerveau vieillissant pour affirmer que le rapport avait été modifié depuis la disparition, un élément malheureusement peu convaincant pour son supérieur de secteur.

Peu importe, il fallait tenir compte de ces changements qui ne constituaient pas un petit détail vu la grandeur des propriétés concernées. Selon lui, trois d'entre elles apparaissaient vendues alors qu'il était certain qu'elles gonflaient encore le capital Campion récemment. Ernest en était convaincu car elles faisaient partie de celles qui l'avaient le plus séduit. Lorsqu'il avait découvert ces propriétés, Ernest s'était pris à rêver de ces endroits lointains qu'il ne connaissait pas. Ce n'était pas le luxe qui l'avait tenté, non c'était ce besoin d'ailleurs. Il approchait de la retraite et, contrairement à sa femme Martha, il avait de nombreux souhaits, comme celui d'explorer des pays exotiques. Il s'était égaré un instant, se représentant en robe de chambre confortable, un verre de vieux Scotch à la main, devant le feu d'une cheminée, son regard perdu sur un paysage aride ou verdoyant, peu importe pourvu que la vue soit magistrale. Il avait pensé aux jours paisibles dont il pourrait jouir, voyageant d'une propriété à l'autre. Pour parfaire son rêve de futur retraité, il avait même imaginé un instant retrouver les Campion, vivants, et en guise de remerciement se voir offrir un séjour dans quelques-unes de leurs propriétés. Il se voyait confus mais acceptant finalement l'offre alléchante. « Merci merci monsieur Campion, je suis très touché par ce cadeau mais je ne peux... Si vous insistez... » S'enfonçant dans ce jeu enfantin, pause rafraîchissante au milieu d'heures de travail intense, il avait choisi les demeures qui ponctueraient son périple. Six en tout dont trois apparaissaient désormais mystérieusement cédées. Ce rêve fondait sa certitude, sinon comment Charles Campion aurait-il pu l'inviter dans des biens qu'il ne possédait plus ? Le commissaire résuma pour lui-même : sur le rapport de la fortune Campion, trois propriétés figuraient comme vendues à une date se situant entre un et trois mois avant la disparition. Pourquoi ces ventes n'avaient-elles pas été enregistrées plus tôt, lorsqu'il avait découvert le rapport ? Un tel délai était difficilement justifiable. Un autre point le titillait. Il avait le sentiment que ces transferts étaient résolument étranges et il mit quelques minutes à identifier son malaise. Ces actes détonnaient avec le contexte et l'histoire des Campion. Aucun Charles n'avait jamais osé se séparer d'une partie du patrimoine familial. On l'avait grossi, oui, mais rien ne lui avait été ôté. Alors pourquoi dire adieu à une partie des briques qu'une famille a jalousement protégées pendant presque deux siècles ? Et avoir le mauvais goût de disparaître pendant le même trimestre ?

Ernest se caressa la moustache. Il avait trouvé l'élément qu'il cherchait. Il ne restait plus qu'à convaincre sa hiérarchie.

6.

Le 2 juillet 2012

Je monte quatre à quatre les marches qui me séparent de la chambre et la scanne en quelques secondes pour localiser ma veste dans le léger désordre. Elle est posée sur un des fauteuils en cuir. Un coin blanc dépasse de la poche gauche. Je n'ai pas rêvé, tout est bel et bien arrivé. J'enfile mon maillot à la vitesse de l'éclair et, je dévale l'escalier la précieuse enveloppe glissée dans mon thriller du moment. Je m'installe face au spectacle du jour et, avant d'avoir pu saisir son extrémité pour la déchirer, mon esprit est happé par une question : faut-il l'ouvrir tout de suite ou attendre pour faire durer le plaisir ? Cela me rappelle une étude sur l'intelligence émotionnelle des jeunes enfants[1]. On y proposait aux bambins un bonbon en leur expliquant que s'ils parvenaient à ne pas le manger pendant un temps suffisamment long, ils auraient

1. Goleman D., *L'intelligence émotionnelle. Comment transformer ses émotions en intelligence*, Éditions Robert Laffont, 1997.

droit à deux bonbons. J'imagine les têtes blondes se tortiller face au dilemme, les yeux rivés sur le délicieux bonbon posé devant eux. Ceux qui patientaient pour obtenir deux bonbons étaient alors considérés comme ayant une intelligence émotionnelle supérieure, compte tenu de leur capacité à pouvoir reporter un plaisir immédiat pour un plaisir postposé, mais plus grand. J'ai souvent pensé à cette expérience et, après mûre réflexion, je suis persuadée que j'aurais engouffré le bonbon sans un regard pour la récompense promise. J'ai grandi dans un univers où les êtres peuvent disparaître et cette possibilité m'a privée de confiance. J'ai des difficultés à croire que mon monde va rester en l'état, que la minute qui suit va perpétuer la somme des choses contenues dans ma vie. Tout peut m'échapper, s'évaporer dans un souffle et, pour contrer cette impuissance, ma stratégie a toujours été de ne pas compter sur un futur hypothétique, quel qu'il soit, un bonbon en plus ou un amoureux. Tout ce qui m'appartient est dans l'instant, le reste doit être considéré éphémère. Cela m'a rendue spontanée, impatiente, voire irréfléchie. Le résultat est le même, j'ai toujours suivi ma volonté alors pourquoi hésiter maintenant ? Un pressentiment sans doute. Au fond de moi, je sais que cette lettre m'est destinée, mais je ne suis pas sûre de l'apprécier. Ma vie ne contient qu'un seul et unique mystère et je crains que ce courrier y soit lié. Or, vingt ans après la disparition de mes parents, une bonne nouvelle est peu probable...

Je caresse le papier. Son grammage le rend élégant et, malgré un léger grain, sa texture reste soyeuse. Son expéditeur l'a choisi avec soin, c'est un papier qui vous dit, *je vous apporte un message important avec toute la douceur possible*. Au dos, un cachet de cire rouge ne laisse aucun doute, son contenu ne doit être révélé qu'à son destinataire. Je m'apprête à ouvrir l'enveloppe quand j'aperçois un point rouge à l'horizon. Loin devant moi, les collines couvertes de plantations dissimulent par endroits le chemin de terre vertigineux qui mène à la demeure. Le point semble avancer et prend doucement la forme d'un véhicule, puis s'immobilise au loin. Cette piste n'a pourtant qu'une seule destination, l'endroit où je me trouve. Il s'agit sans doute d'une personne égarée. Peut-être un ami d'Oscar ou Oscar lui-même ? Mon portable est éteint, enfoui sous une pile de vêtements, au fond de ma valise. Si quelqu'un avait voulu annoncer sa visite, il serait tombé sur ma messagerie. Je ne détourne pas le regard du point rouge et me surprends à espérer. J'aimerais que cela ne soit pas une erreur, qu'une surprise vienne à ma rencontre. J'avoue me sentir un peu seule devant tant de beauté.

J'imagine Oscar débarquer avec sa voix chaleureuse, son grand sourire et son enthousiasme légendaire. Je l'entends me dire : « Allez viens ma petite Rose, lève ton joli petit derrière de cette chaise longue et pars à l'aventure avec moi ! » Cela fait tellement longtemps que je ne l'ai pas vu. Même s'il n'était mon aîné que de deux ans, Oscar est celui qui m'a donné la force de grandir avec peu de repères. Je ne suis pas la seule à l'avoir pris comme guide dans ce semi-désert affectif que constituait l'orphelinat. Il semblait connaître le chemin que nous devions tous suivre, avoir accepté son destin et décidé de transformer ce que la vie lui avait donné en autant de forces. J'ignore où il a pu puiser cette sagesse ! Tous les matins en me réveillant à l'orphelinat, mon cœur passait par deux états extrêmes en l'espace d'une même seconde : réaliser que mes parents n'étaient plus là et être envahie de tristesse puis découvrir à nouveau qu'Oscar existe et sentir la joie parcourir mes veines. Bien sûr, il y avait aussi les autres : Lucie, Henri, Chloé et mes amis à l'école, mais c'était différent. Oscar était mon roc, son existence me rappelait qu'il y avait de l'espoir. Même si je me considérais comme une moins-que-rien, je devais valoir quelque chose car Oscar, le grand Oscar, m'avait choisie comme amie.

Je regarde l'enveloppe sur mes genoux. Il l'aurait déjà ouverte depuis bien longtemps. Je prends mon courage à deux mains et la déchire d'un geste. À l'intérieur, il y a un simple carton assorti. Il n'y a rien sur cette face. Je le retourne avec avidité et mon être se fige. Je lis lentement les mots et je suis désormais convaincue que la missive m'est destinée. Je les ai attendus toute ma vie. Mes mains tremblent et le carton m'échappe. Qui a pu écrire cela ? Je regarde l'écriture bleue. Elle semble aisée, légèrement penchée. La phrase est lourde de sens mais elle fut apparemment facile à écrire, chaque lettre suivant souplement la précédente. Je relis à nouveau les quelques mots. Comment cette personne connaît-elle la tragédie de mon enfance ? Je fouille encore l'enveloppe et la déchire complètement pour éliminer tout doute. Mille interrogations me viennent et aucune possibilité d'y répondre. Cette impuissance me dérange, mon seul pouvoir est d'attendre que celui qui se joue apparemment de moi daigne poser sa prochaine carte. Les questions affluent mais une seule retient mon attention. La seule qui compte vraiment. Elle tourne en boucle dans ma tête. Je veux l'effacer de mon esprit alors je me lève et trempe un orteil dans la somptueuse piscine. Je m'efforce de ne plus penser et me plonge dedans avec une facilité déconcertante. J'enfouis ma tête sous l'eau et je nage toute une longueur sans reprendre mon souffle. Je tente de me concentrer sur la douceur de l'eau qui caresse mes bras et mes jambes, chaque mouvement l'appelle un peu plus. Le fluide s'affaire tout autour de mon corps et dessine un sillage. Je veux m'épuiser pour faire taire cette voix alors j'accélère. Mes gestes sont amples et mes pieds appuient désormais à un rythme régulier sur le bord de la piscine. Je le repousse avec toute l'énergie de la colère qui m'habite et l'élan me fait rejoindre encore plus vite l'autre bord, éloigné d'une quinzaine de mètres. Je me lance dans une course folle contre moi-même, agir pour ne pas cogiter et m'oublier dans la vitesse et l'effort, telle est la légende qui a guidé mes pas jusqu'ici. Je souffle dans l'eau avec force, reprends un peu d'air pour plonger encore comme si je voulais noyer toutes ces questions et surtout la plus importante. Je sens les larmes monter, mais la colère prend le pas sur le reste. Non, ce message est une erreur, une blague. Mes parents m'ont abandonnée. C'est la seule histoire plausible, celle qui a construit qui je suis aujourd'hui et qui explique pourquoi je suis seule dans ce lieu magnifique.

Je me fatigue encore une heure avant de sortir de l'eau pour m'enrouler dans une serviette chauffée par le soleil. Son parfum de lilas m'apaise. Il me faut quelques minutes pour retrouver mon souffle. Je m'allonge dans le hamac et ferme les yeux pour me concentrer sur la chaleur du soleil qui pique ma peau par endroits et sèche les quelques gouttes d'eau. Alors que je m'assoupis, un dernier sursaut me sépare d'une sieste bien méritée, la porte qui s'était entrouverte en moi se ferme d'un coup sec. L'incident est désormais clos. Dans une histoire où tout semble toujours m'échapper, mon seul pouvoir est de le décider. Décider de laisser derrière moi ces mots écrits sur un carton : « Je vous ai cherchée longtemps. Ils ne sont pas partis. »

7.

Automne 1995

Chez lui, Henri était un roi. Conçu en grande partie grâce à la science, ses parents l'avaient chéri comme un trésor dès sa naissance. Préservé des moments difficiles et autres frustrations, il ignorait tout de ce qu'il convient de faire face aux tragédies. Mais, en observant Rose après le drame, il avait rapidement saisi que la situation était sérieuse, la voir courber l'échine sur sa copie, ne lever les yeux au tableau que rarement et ne regarder son ami de toujours, lui, pas une fois. Depuis sa place dans la classe, Henri pouvait la contempler à sa guise et il ne s'en était pas privé, voulant savoir exactement comment le départ de ses parents l'avait affectée. Même s'il ignorait tout des registres de la souffrance, il découvrait petit à petit toutes ses tonalités. Rose n'avait pas seulement été blessée, le coup était plus fort. Il avait remarqué son regard fixé sur sa feuille, sa respiration presque inexistante, ses mains crispées sur ses cuisses. Un corps qui tente d'épargner le moindre mouvement, comme si son immobilisme pouvait la préserver de davantage de dommages, ne pas bouger pour ne pas aggraver la situation. Elle s'était envolée pour un monde éloigné des lettres qui s'inscrivaient sur le tableau, dans un univers où les policiers ne trouvent aucun indice et où les adultes semblent avoir renoncé.

Henri tentait de se concentrer sur les explications de la maîtresse. Chaque mois, un nouveau livre était sélectionné par Madame Geneviève. Ce mois-ci, ils suivaient les aventures d'un dénommé petit prince. Henri trouvait qu'il n'y avait pas beaucoup d'action dans ce récit, il n'y avait pas de méchant, ni de poursuite. Ce livre était plus compliqué que ceux dont il avait l'habitude à la maison. « C'est voulu, avait précisé Madame Geneviève. Vous êtes ici pour apprendre mes chers enfants et je suis là pour vous guider », avait-elle poursuivi avec entrain. Ils s'étaient engagés dans plusieurs histoires destinées aux enfants plus âgés et avaient courageusement patienté que leur maîtresse éclaircisse certains mystères, des mots inconnus ou des tournures de phrase bizarres. Il y avait beaucoup de texte et peu de dessin, c'était aussi cela grandir.

— Je vais vous lire un passage que j'aime tout particulièrement, il parle d'amour et d'amitié. Certains d'entre vous vont peut-être découvrir un nouveau mot, « apprivoiser ». Quelqu'un connaît-il sa signification ?

Henri et ses camarades restèrent silencieux. La classe de Madame Geneviève était soudée, l'institutrice y avait veillé dès le départ. Elle avait pris soin de cadrer les bavards, donner leur place aux timides, prendre par la main les exclus. Elle avait inventé des dizaines de jeux pour créer cet esprit d'équipe dont elle était si fière aujourd'hui.

— Personne n'a jamais entendu le mot « apprivoiser » ?

La première de classe remua sur sa chaise, donnant l'impression de vouloir contenir une réponse qui voulait désespérément s'échapper. Sans doute pour ne pas faire une erreur, songea Henri. Il ne connaissait pas la signification de ce mot mais il lui semblait qu'il comportait quelque chose de bon, de rassurant. Rose ne broncha pas, ses yeux vissés sur le livre devant elle. La première de classe lâcha finalement :

— Nous, on a dû apprivoiser notre chien !

— Oui, on peut utiliser ce mot aussi avec les animaux. Merci Émilie. Quelqu'un d'autre a une idée ?

Face au silence, Madame Geneviève continua.

— Je ne vais pas vous expliquer ce mot. Je vais vous lire le passage qui le contient. Écoutez attentivement et nous pourrons ensuite en parler. D'accord ?

Tous les élèves, excepté Rose, hochèrent la tête. Quelques mots lui parvenaient encore mais ils étaient confus et se mélangeaient entre eux. Rose tenta de se concentrer à nouveau malgré la lassitude. Elle avait tellement besoin de s'évader loin de la réalité et ce récit était sa seule opportunité.

La maîtresse commença lentement, la voix légèrement tremblante :

— *Qu'est-ce que signifie "apprivoiser" ?*

— *C'est une chose trop oubliée, dit le renard. Ça signifie "créer des liens..."*

— *Créer des liens ?*

— *Bien sûr, dit le renard. Tu n'es encore pour moi qu'un petit garçon tout semblable à cent mille petits garçons. Et je n'ai pas besoin de toi. Et tu n'as pas besoin de moi non plus. Je ne suis pour toi qu'un renard semblable à cent mille renards. Mais, si tu m'apprivoises, nous aurons besoin l'un de l'autre.*

Tu seras pour moi unique au monde. Je serai pour toi unique au monde[1]*...* »

Henri s'était concentré pour comprendre chaque mot et il eut le sentiment que c'était exactement cela qu'il fallait faire, apprivoiser Rose. Ils étaient liés depuis longtemps, mais aujourd'hui, elle ressemblait plus à un petit animal apeuré qu'à l'amie rigolote qu'il avait connue jusqu'ici. C'était difficile de mettre des mots sur ce qu'il ressentait en la regardant. Rose ne semblait pas seulement blessée, ce départ l'avait aussi éteinte. Rose n'était plus Rose, il l'avait perdue et, fort d'un optimisme enfantin, il se promit de la retrouver. La cloche mit un terme à son serment et les élèves se levèrent pour aller déjeuner et jouer. Henri se douta qu'elle ne ferait ni l'un ni l'autre et décida de lui tenir compagnie.

Rose s'était installée sur un petit banc en retrait, à l'ombre d'un platane. Elle balançait distraitement ses jambes comme si elle avait voulu accélérer le cours du temps à l'aide de ses pieds. Elle l'aperçut au loin et son geste de recul en le voyant s'approcher le découragea presque. En silence, il s'assit près d'elle. Le vent balayait les branches au-dessus d'eux. Henri pencha la tête en arrière un instant comme il aimait le faire sous les arbres, les feuilles vibraient et bougeaient sans cesse, offrant un dessin chaque fois renouvelé. Il n'osa pas la regarder, de peur qu'elle lui demande de partir. Rose tenta d'ouvrir la bouche et sentit une immense fatigue l'envahir. Sa gorge serrée l'empêchait d'avaler et seul un filet d'air pouvait encore passer. Était-ce la présence d'Henri ? Sa chaleur ? La tristesse grandit en elle. Henri lui

1. Antoine de Saint-Exupéry, *Le Petit Prince.*

rappelait l'amour, les grands bras, tout ce qui avait habité ses journées jusqu'ici.

Elle eut du mal à articuler quelques mots mais se força. « Pourquoi es-tu là... » Elle prononça chaque mot lentement comme si cela représentait un effort surhumain. Était-ce par manque d'énergie ou à dessein, qu'elle n'éleva pas le ton pour lui donner le sens de l'interrogation ? Cela ressemblait plus à une mise en garde qu'à une question. Épuisée, elle n'attendit pas de réponse et ployant sous son poids, la petite tête se posa sur les genoux d'Henri. Pleurer avec Henri. Pleurer sa perte avec lui. Pleurer à l'idée de devoir renoncer à tous ceux qu'elle aime parce que, dans sa petite vie, la perte était devenue une possibilité. Omniprésente. Ému, Henri resta d'abord immobile, puis caressa doucement la chevelure soyeuse. Oublier de manger, de jouer. Attendre que le temps passe et que les larmes se tarissent. L'apprivoiser. Et puis, tenir une promesse.

Rose poursuivit longtemps la tradition du petit banc sous le platane. Ses pieds ne touchaient pas encore le sol et ses jambes courtes rappelaient à tous que la souffrance n'attend pas l'âge. Leur rituel était discret. Elle s'installait et attendait qu'il vienne. Il comprenait l'invitation et en silence, il recevait ses larmes. D'abord tous les jours, des semaines durant, sous la pluie ou dans la chaleur du soleil, ils formaient ce petit ensemble inébranlable, ce dernier roc qui subsiste quand un cataclysme a tout balayé. Ils restaient assis une heure, muets, lui regardant droit devant et elle, les yeux clos.

Puis, il y eut cette première fois où elle resta debout. Cet acte aurait été anodin pour n'importe qui. Pour eux, rester debout était synonyme d'espoir, même si les midis debout alterneraient avec les midis assis. Par sa posture toute droite, elle lui indiquait qu'elle ne pleurerait pas. Leur langage s'était transformé. Avant, il était fait de mots. Maintenant, il se limitait à un geste, à s'asseoir ou non sur un banc et les jours se succédèrent ainsi, certains appelant les larmes, d'autres honorant son courage de rester debout.

Rose faisait de son mieux pour s'adapter à sa nouvelle vie. Elle avait attendu qu'ils reviennent, mettant tous ses espoirs dans la disparition mystérieuse de la montre de son père puis, les semaines s'écoulant, elle s'était résignée. Il ne fallait plus y penser. Elle avait dû rêver, mélanger les souvenirs et lentement, les images s'étaient effacées de son esprit pour faire place à d'autres. Elle demeurait certaine qu'ils étaient partis et reviendraient un jour, mais s'était accommodée à l'idée que ce temps serait long. À l'orphelinat, elle partageait une chambre de quatre avec une seule autre pensionnaire. Lucie était âgée de six ans. Ni l'une ni l'autre n'avaient osé aborder les raisons de leur présence dans l'établissement. On se doutait bien que cela signifiait que la vie avait mal tourné et les détails importaient peu.

Rose s'était contentée de se présenter poliment avant de lancer :

— Je peux prendre quel lit ?

— Celui que tu veux, on a plein de place ici ! dit Lucie en se jetant en arrière les bras écartés sur un des lits inoccupés.

Il y avait une légèreté chez sa camarade de chambre qui ressemblait presque à de la joie.

— Et pour se laver ?

— C'est la deuxième porte à gauche quand tu sors dans le couloir. Tu verras, il y a suffisamment de salles de bains pour ne jamais devoir attendre.

Un sentiment d'abondance émanait de la petite fille et de chacun de ses gestes pour décrire la maison. Elle la connaissait bien et avait du mal à dissimuler son enthousiasme à l'idée de servir de guide à Rose. Son visage était encadré par un carré ondulé dont la couleur rappelait celle de ses yeux noisette. L'ensemble formait un tout aussi doux que décidé, une façon de s'imposer au monde, faisant usage à sa guise de la force ou du charme. Elle et son grand frère, Oscar, avaient intégré l'orphelinat deux ans plus tôt. Ils étaient arrivés tard, une nuit de janvier. « Le verglas », murmurait-on dans les couloirs de l'orphelinat. Qui aurait pu s'imaginer en regardant cette fillette si gaie ? Elle avait le teint rose que l'on espère pour les siens, celui qui dit « oui je vis à la campagne et je mange cinq fruits et légumes chaque jour ! » Songeuse, Rose l'observait sauter d'un lit à l'autre et tourner sur elle-même pour faire monter les volants de sa robe dans les airs. Dans son esprit, les questions se bousculaient. Est-ce à cela que je pourrais ressembler dans peu de temps ? Serais-je un jour heureuse comme elle ? Lucie continuait de virevolter, insensible aux ruminations de sa camarade de chambre. Elle tenta de s'arrêter mais l'équilibre lui manqua et elle se rattrapa de justesse à la manche de Rose avant de s'écrouler dans ses bras en gloussant. Un rire qui paraissait honteux pour la nouvelle venue. Comment pouvait-on s'amuser après avoir perdu ses parents ? N'était-ce pas une façon de reconnaître qu'ils sont inutiles ? Lucie riait à gorge déployée sans se soucier de celle qu'elle écrasait à moitié. Rose avait mal au ventre, sous la pression conjuguée du bras et d'une colère naissante. Comment osait-elle ? Comment faisait-elle ? Elle se dégagea comme elle put du poids de celle qui riait toujours et commença à déballer ses affaires. Lucie s'arrêta net.

— Je peux t'aider Rose ? Tu sais, j'adore ranger !

— Oui, si tu veux, répondit Rose timidement.

— Je peux t'avouer quelque chose ?

Elle n'eut qu'un léger hochement de tête pour toute réponse.

— Je suis heureuse de partager enfin ma chambre. Il n'y avait pas eu de fille de mon âge depuis longtemps et parfois, je me sens seule. Mais, maintenant que tu es là, tout va changer ! Je pourrai te raconter mes histoires et toi, les tiennes.

Le ton de Lucie s'était fait doux. Rose resta courbée sur sa valise, faisant semblant de plier du linge. Elle aimait déjà le son de sa voix et afficha un infime sourire. Lucie la rejoignit et l'aida à ranger ses vêtements. Rose écouta sa compagne de chambre parler et travailler pour deux. La présence de Lucie l'aida à survivre à cette première soirée à l'orphelinat ainsi qu'à celles qui allaient suivre.

Au début pourtant, Rose ne prit le risque d'exister vraiment qu'une seule heure par jour, dans les bras d'Henri. Y avait-il une autre voie quand on passe d'un foyer à un monde de routines et de baisers financés par l'État ? Bien sûr, l'orphelinat employait aussi des passionnés, ceux qui voulaient faire une différence pour ces enfants abandonnés. Ils sourient et lisent de longues histoires le soir, ils s'attardent et veulent combler les vides omniprésents d'une maison remplie de parents absents. Chaque enfant y crie sa souffrance silencieusement, elle prend milles formes, un pipi au lit, un refus devant le repas du soir, des difficultés à trouver le sommeil, autant de tentatives vaines de ne pas grandir.

Mais rien ne pourrait remplacer les Campion et contredire l'histoire que Rose était en train de se forger. Mes parents sont vivants, ils ont juste décidé de vivre ailleurs. Ils vont changer d'avis et revenir me chercher. Ni les autres, ni la vie ne l'obligeraient à choisir une autre issue pour une énigme qu'il était prématuré de classer sans suite.

À quelques kilomètres de là, une décision allait mettre fin à une course contre la montre. Ernest Jaco n'avait vécu que pour elles, l'affaire et la petite fille. Des semaines à chercher les Campion sans résultat. Il avait espéré une avancée et patiemment exploité chaque début de piste, en premier lieu ce rapport dont les trois lignes semblaient avoir été modifiées depuis la disparition. Il avait passé quelques coups de téléphone pour se renseigner, mais on lui assénait toujours la même réponse. Les rapports s'actualisent parfois tardivement surtout avec des propriétés localisées à l'étranger. Oui, cela pouvait expliquer un certain délai.

Déçu, il avait enquêté sur l'argent généré par les ventes et approfondi l'analyse des flux financiers sur les différents comptes de la famille Campion. Le commissaire avait bondi de joie en découvrant que les comptes bancaires des Campion n'avaient pas été crédités des montants des ventes. L'argent semblait s'être volatilisé comme les Campion. Vendre des biens et ne pas en obtenir de contre-partie était forcément louche. Le mystère s'épaississait et avec lui, l'espoir reprenait. Malheureusement, cette reviviscence fut de courte durée. Après quelques recherches supplémentaires, il contacta le conseil de la famille qui gérait la comptabilité et certaines transactions. Le vieil homme, un dénommé Arnold Lepage, avait rapidement produit un extrait de la comptabilité d'une association, l'association du Grand Pardon, basée près de Rio au Brésil. Il révélait que les sommes avaient été transférées directement sur leur compte. M. Lepage avait également confirmé les dates des ventes quelques mois auparavant, sans pouvoir expliquer en détail l'intention de Charles Campion. « Une générosité soudaine », avait-il lancé évasivement.

Ernest n'avait pas lâché l'affaire pour autant. Il s'était encore obstiné, arguant que de telles ventes étaient pour le moins suspicieuses. Il fallait pouvoir expliquer les raisons qui les avaient motivées et examiner de plus près cette association du Grand Pardon. Ces cessions semblaient en totale contradiction avec la stratégie des Campion sur deux siècles et beaucoup trop proches des disparitions pour être considérées comme anodines. Son intuition lui disait que quelque chose clochait et qu'il ne fallait pas baisser les bras. Mais il dut se résigner devant une hiérarchie de marbre, les ressources manquaient et d'autres affaires nécessitaient son attention. On ne pouvait pas s'acharner seulement parce que l'instinct d'Ernest Jaco s'agitait.

Face aux injonctions de son supérieur, le commissaire dut délaisser progressivement l'épais dossier, l'un des derniers de sa carrière. Il avait le cœur gros. Il pensait à la petite fille. Encore et toujours.

8.

Le 2 juillet 2012

Une brise souffle sur mon corps endormi et j'ouvre les yeux sur un ensemble à nouveau parfaitement vert, offrant sur des kilomètres des courbes recouvertes d'une végétation dense. En quelques secondes, mes yeux s'habituent à la lumière et je scrute l'horizon à la recherche du point rouge. Il a disparu. Le paysage se décline sur une dizaine de tonalités, du vert clair au plus foncé. Pas de rouge. C'est la possibilité d'une île qui me tentait le plus, plongée dans la nature, inaccessible définitivement. M'abandonner aux mouvements du hamac, les yeux versés dans la vallée, goûtant au luxe de tout ce temps qui s'écoule lentement sous le soleil.

Mon attention est détournée par un léger pincement, quelque chose me pique la fesse gauche. Je la soulève et retire le carton froissé. Malgré la chaleur, l'écriture est restée intacte, une phrase pour une vérité parmi d'autres. Je lisse mes cheveux et les noue en chignon. En quelques heures, ma peau s'est colorée harmonieusement et contraste agréablement avec mon bikini ligné bleu et blanc. Je la couvre à nouveau de crème. Ce genre de geste répétitif m'a toujours agacée, ils me volent une partie de mon temps et reviennent inlassablement ponctuer mon quotidien. Des années de course à pied ont dessiné quelques lignes horizontales discrètes de part et d'autre de mon nombril. À croire que toute cette colère qui bouillonne en moi a eu au moins une issue positive. Sans elle, je n'aurais pas eu l'énergie de parcourir ces kilomètres. Pendant une heure de course, parfois deux, mes jambes s'activent comme si je voulais m'échapper de moi-même sans jamais y parvenir. Sur mes oreilles, je passe en boucle Editors, Muse ou *The One* de Johnny Cash et le son chaleureux des cordes semble emplir la campagne devant moi. Seule la musique parvient à me distraire d'un flot de pensées permanent. Courir n'importe où, dans la forêt ou dans les champs, pourvu que j'aie de l'espace car je dois pouvoir voir loin pour me sentir libre. On a beau être seule, petite dernière d'une lignée presque éteinte, la liberté n'est pas un sentiment garanti. Elle dépend d'un environnement mais aussi et surtout, d'une vie intérieure et la mienne ressemble à une prison que je tente de distancer à force de foulées accélérées.

À l'extrémité gauche de la terrasse, un escalier descend vers le jardin. J'enfile sandales et paréo pour explorer les alentours. Mes pas résonnent dans un silence entier. Ici, pas de bruit de moteur hormis quelques rares avions de tourisme, pas de voisins tondant leur pelouse, pas de sonnerie de téléphone ou de musique provenant d'une maison voisine. L'escalier étroit descend le long du mur qui soutient la terrasse, ses vieilles pierres forment un dessin irrégulier et apaisant. Arrivée à la dernière marche, le choix se pose entre trois chemins de terre qui s'enfoncent dans la nature. Je me décide pour le plus lumineux. L'air parfumé m'emporte au loin dans mes souvenirs d'enfant. Le jasmin d'été courait sur la façade sud de la maison de mes parents et chaque soir, à la belle saison, ma mère et moi allions nous asseoir sur la balancelle. Je me lovais contre elle et elle actionnait le mouvement. Avec le recul, je me demande qui elle était vraiment. Je vois son regard fixé sur la prairie devant nous et j'essaie de me rappeler les traits de son visage. Était-ce une personne forte ? Oui, je le crois. Était-elle heureuse ? Je l'ignore. En tout cas, elle ne pleurait jamais devant moi. Elle nouait ses longs cheveux châtain clair dans une tresse ou les laissait pendre dans une tentative vaine de détourner mon père de sa routine. Ses mains n'étaient pas fatiguées, elles restaient douces et jeunes. Grande, mince sans être maigre, ma mère paraissait constante en tous points, l'épouse rêvée pour mon père. J'essaie de l'observer aujourd'hui avec mes yeux d'adulte. C'est un travail minutieux que de scruter cette image ancienne et écornée, même si c'est l'une des plus présentes dans mon esprit. Ce rituel s'est répété des centaines de fois, autant de fois qu'il y a eu de belles journées dans mes six premières années. Je me souviens aussi de son parfum de lavande quand elle pose ma tête contre elle. C'est peu d'indices. C'est tout ce que j'ai. Mon cerveau analyse ces bribes d'information dans une rumination sans fin, car que pourrais-je comprendre finalement ?

Mon père a toujours été un homme absent, même avant son grand départ. Un peu plus grand que ma mère, il était victime d'une calvitie précoce qui mettait en valeur ses lèvres fines et son nez mince. Quand je pense à lui, je me rappelle surtout ses grandes mains, tenant un journal, maniant son rasoir le matin et, plus rarement, caressant furtivement le dos de ma mère. Je ne dis pas que mon père était composé de ces seuls éléments mais ce sont ceux qui m'ont le plus marquée. Il était avant toute chose un homme d'horaires. Il semblait avoir créé son chemin quotidien un jour et décidé de l'emprunter pour le reste de sa vie. Se lever à la même heure, prendre une douche, lire le journal et ainsi de suite jusqu'au coucher. Était-ce une volonté de contrôle ou un besoin profond de sécurité qui le poussait à reproduire des journées jumelles à l'infini ? Je n'ai pas eu le temps de lui demander, mais si j'avais la possibilité de lui poser une question, bizarrement, je crois que ce serait celle-là. Cette façon de fonctionner attise ma curiosité, elle me paraît tellement étrange. Ma mère, comparse silencieuse, ne contrariait pas ce programme minuté. Elle avait cette intuition de ce qui est juste, se faufilait dans les moments où elle avait sa place et restait éloignée le reste du temps, vaquant à ses occupations de femme.

Je les observe ce matin-là, le dernier avant leur disparition. J'ai l'impression que les yeux de mon père brillent, comme si des larmes s'y étaient amassées. Il vient d'ouvrir une lettre qu'il lit en silence. Ma mère s'approche et se poste debout derrière lui, les mains sur ses épaules, sa façon à elle de signifier qu'elle est là. Il dépose la lettre sur la table et la regarde. Je ne l'ai jamais vu l'air si grave. Je ne le connais qu'inexpressif, immuable. Il se lève, vacille et quitte la pièce, suivi par sa femme. Il est évident qu'ils sont bouleversés. Mais par quoi ? Je me souviens m'être penchée sur la feuille pour tenter de comprendre. Malheureusement, à cette époque, je ne connais que quelques lettres, principalement des voyelles. Je les vois éparpillées partout sur le papier mais j'ignore totalement le sens qu'elles prennent accompagnées par tant d'autres qui me sont encore inconnues.

Mes souvenirs sont interrompus par un bruit. Le sentier que j'ai emprunté se poursuit aux alentours de la bâtisse. J'interromps ma promenade pour guetter. Des sons sourds suivis de quelques pas et puis, une voix.

C'est impressionnant comme le son d'une voix peut faire voyager. Quelques mots dont je ne saisis même pas le sens et d'un seul coup, mille images me viennent à l'esprit. Les soirées à jouer aux cartes, les explorations en forêt, les parties de cache-cache et les confidences. Une image plus forte que tout autre, celle du jour où je l'ai rencontré, dans le grenier, notre quartier général. Je suis à l'orphelinat depuis seulement un jour quand je m'apprête à y vivre mon premier week-end, une expérience difficile pour tout nouvel orphelin. Les jours d'école, il est encore possible d'oublier que tout a changé, au moins pendant quelques heures. Se concentrer sur Madame Geneviève qui se démène pour nous transmettre une sagesse ou sur un jeu que les autres enfants ont improvisé. Pendant ces courts instants, revivre et puis, me rappeler. Inévitablement.

Une douceur m'envahit en repensant à cette première rencontre, il y a presque deux décennies.

— Non, je ne veux pas y aller !

— Tu ne peux pas manquer cela. C'est un repaire secret, me répond Lucie avec fermeté.

Elle est complètement frappée ma copine de chambre.

— Nous avons créé un clan secret. Mon frère en est le chef, dit-elle en prenant le ton qui va avec l'importance de l'annonce.

— Un clan secret dans un repaire secret, logique, maugrée-je.

— Exactement, me répond Lucie sans prêter attention à mon agacement.

Quel enthousiasme, on voit bien qu'elle dort la nuit celle-là ! Lucie me tire par le bras et déforme le coude de mon pull. Je viens juste d'arriver à l'orphelinat et on veut déjà m'embarquer dans un projet aux allures illicites. Comme je ne veux pas la décevoir, je me résigne et suis Lucie. Je proteste encore timidement mais c'est sans espoir, mon guide continue son ascension. L'escalier n'est pas très éclairé, certaines marches sont en très mauvais état et je manque plusieurs fois de trébucher sur un clou rouillé. À chaque volée, j'espère et il faut en attendre quatre pour qu'enfin, Lucie s'arrête. Nous sommes arrivées au dernier étage de la maison, un étage que je ne connais pas encore, ni la partie officielle, ni celle de service. Sur le palier, il n'y a qu'une seule porte, elle est entrouverte. Lucie la pousse et je découvre leur repaire.

Cette grande pièce sous les toits a été réaménagée avec soin. Les moyens sont modestes mais le résultat est spectaculaire. Je me souviens des draps colorés tirés par endroits et ornés d'étoiles en carton doré, de guirlandes en papier et d'autres lumineuses. Des peintures d'enfants complètent la décoration. Ils ont dessiné une maison, des arbres et plein d'enfants sur un immense poster. Quelques petits anges volent ou sont assis sur des nuages dans un ciel abondamment étoilé.

Le grenier est lumineux grâce à quelques fenêtres en chien-assis et une charpente haute. Il est meublé efficacement. Une table, de vieux fauteuils et un canapé sont rassemblés autour d'une ancienne cheminée. Une bibliothèque improvisée contient plusieurs dizaines de livres et, dans un coin, un vieux gramophone ne semble plus pouvoir servir à sa première fonction.

— C'est un endroit secret où nous pouvons nous rencontrer, sans les autres, m'explique Lucie.

Je ne l'écoute pas car toute mon attention a été détournée par un garçon. Assis dans un coin de la pièce, il semble absorbé par un gros ouvrage. Il lit en se grattant le menton comme si le texte lui donnait matière à réflexion. Il paraît plus grand que nous. Quelques mèches lui tombent régulièrement dans les yeux et il les repousse distraitement sans perdre patience. Il porte un pull gris clair et un jean troué qui laisse entrevoir un genou égratigné. Quand les vêtements avec lesquels nous arrivons deviennent trop petits, nous sommes habillés grâce à la générosité des parents dont les enfants ont grandi. Il lève les yeux et me lance un bonjour chaleureux. Pour la première fois, j'entends sa voix, elle est jeune comme nous tous mais dans sa tessiture, il y a une note plus assurée qui m'inspire confiance. Autant hier qu'aujourd'hui.

Des années plus tard, elle me fait toujours le même effet. Je remonte à la hâte l'escalier étroit qui mène à la maison.

— Oscar !

Je cours et, comme un gamine, lui saute dans les bras. Pendant un instant, mes pieds ne touchent plus le sol, puis il me dépose pour me regarder. Je sais qu'il tente de faire secrètement le bilan de mon état physique et mental. S'est-elle nourrie correctement ? A-t-elle l'air stressée ? Dort-elle assez ? Autant de questions auxquelles je ne crois pas que mon visage puisse répondre, surtout s'il a passé la journée au soleil.

— Je n'ai pas pu résister à l'envie de passer une soirée avec toi ! Je dois repartir demain matin tôt pour l'Europe.

— Je suis si heureuse de te voir. Cela fait combien d'années maintenant que l'on ne s'est pas vu ? Trois ans ?

— Oui, je crois... Viens avec moi. On va commander un festin à Lila. Je veux célébrer nos retrouvailles et puis, sans vouloir te vexer, tu as besoin de te remplumer un peu.

Oscar peut tout me dire et j'enchaîne avec un entrain que je ne me connaissais plus.

— Excellente idée. Je te rejoins dans une minute, le temps de m'habiller un peu plus chaudement.

L'air s'est rafraîchi. Je monte me changer et suis à nouveau surprise par la beauté de la chambre. L'odeur du bois mêlée à celle d'un bouquet de lavande posé sur la table de nuit m'invite à la quiétude. Je fais une toilette rapide, puis enfile une jupe en coton épais et une chemise écrue. J'attrape un gilet en cachemire écrasé au fond de ma valise et m'assois un instant à la coiffeuse, mais nul besoin de maquillage, le soleil a fait tout le travail.

Dans la cuisine, Lila est déjà occupée aux fourneaux et a l'air particulièrement heureuse.

— Alors qu'est-ce qui vous ferait plaisir ? demande Lila, les yeux pétillants.

— Je rêve de ton curry de patates douces, du poulet au gingembre et de tes lassis à la fleur d'oranger. Et toi, Rose ?

— J'avoue que le menu me fait saliver.

— Et comme dessert ?

— De la mangue !

Les mots sortent tout seuls. Pendant ma courte balade, j'ai aperçu plusieurs manguiers ployant sous le poids de leurs fruits. Des mangues fraîches, juteuses et sucrées par le soleil. Un rêve. Oscar me sourit. Je crois que ma spontanéité lui fait plaisir.

— Alors ce sera de la mangue ! Que pouvons-nous faire pour t'aider, Lila ?

— Allez profiter, j'ai surtout besoin de pouvoir me concentrer sans deux gourmands qui viennent picorer dans mes plats ! Le dîner sera prêt pour vingt heures. Je suppose que je dresse la table sur la terrasse ?

— Parfait ! Merci Lila !

— Voici deux apéritifs maison pour vous faire patienter jusque-là.

Lila nous tend deux verres. En bon prince, Oscar m'escorte vers la terrasse et nous nous asseyons sur des fauteuils en osier, agréablement rembourrés de coussins aux couleurs indiennes.

— À nos vies ! dit-il en rapprochant son verre du mien.

Aussi longtemps que je me souvienne, Oscar a toujours trinqué en prononçant ces mots. Enfants, avec nos verres de lait, adolescents avec nos premiers verres de vin, puis adultes, à chacune de nos rencontres. Dans ces mots et surtout dans la mélodie qui les porte, j'ai très tôt perçu un mélange d'espoir et de challenge. En sous-titres, on aurait pu lire : « La vie ne nous a pas gâtés, alors relevons le défi de la réussir. » Sa voix et ces rituels familiers m'alanguissent. Qui pourrait résister au charme d'Oscar ? Je n'y suis jamais parvenue. J'ai pourtant souvent essayé.

9.

Automne 1995

Chaque jour, sous le platane, Henri se demandait s'il agissait bien. Il aurait aimé pouvoir prononcer ces mots magiques qui arrêtent le flot de larmes, avoir le geste qui aide vraiment son amie, mais il avait la désagréable impression qu'au lieu de la sauver, il la maintenait simplement en vie, un peu comme le respirateur artificiel de son arrière-grand-père. Rose semblait partie depuis longtemps, elle vivotait à présent. Quand la tradition du platane avait connu son premier jour de pause, Henri avait espéré un mieux. Il pensait la retrouver. Mais Rose était devenue cet animal craintif, se poussant dans les rouages d'un programme bien huilé, lever, petit déjeuner, école, dîner, coucher. Elle jouait mais elle n'était pas à la fête. Elle apprenait à lire, mais la passion n'y était plus. Elle écoutait les histoires d'un air distrait et semblait ailleurs. Elle parlait peu et ses mots ne concernaient que le nécessaire. Un monde réduit à l'absolument utile. Rose vivait dans la peur, la peur de perdre, la peur de mal faire. La seule chose qu'elle n'avait clairement pas perdu était sa repartie mais elle avait pris des allures de sarcasme.

— Pourquoi est-ce que tu me regardes comme ça, Henri ? T'es amoureux ?

Le garçon sortit brusquement de sa torpeur et tenta d'évaluer la situation. Amoureux ? Regarder qui ? Quoi ? Ces derniers temps, son sommeil était affecté par le chagrin de Rose. Chaque nuit, il luttait pour gagner quelques heures de repos et de petits cernes s'étaient creusés sous ses yeux.

— Laisse-moi tranquille.

Malgré l'affection qu'il portait à son amie, la pique faisait son ouvrage. Il sortit son sac de billes pour une partie et les partagea entre eux.

— Alors, comment c'est l'orphelinat ?

Henri n'avait encore jamais abordé le sujet de crainte de la faire pleurer mais sa curiosité prenait maintenant le pas sur ses bons sentiments. Rose mit un temps à répondre ; en bonne stratège, elle comptait les billes réparties en deux tas pour vérifier leur équivalence.

— Ce n'est pas un orphelinat, c'est ma maison ! dit Rose avec une pointe de colère.

— Pardon...

— Il y a Lucie et son grand frère qui connaît toutes les cachettes... du palais. Oui, on vit dans un palais en fait, c'est tellement grand, Henri. Au début, j'ai cru que j'allais m'y perdre !

Rose semblait enthousiaste en décrivant sa nouvelle vie.

— Un palais ? Raconte !

Absorbé par son récit, il se faisait écraser à la partie de billes. Elle avait pris soin de les distribuer en lui attribuant les plus belles et les avait récupérées en quelques coups.

— Dans le grand hall d'entrée, le sol est un peu froid car il est en pierres, mais il y a des fauteuils recouverts de velours rouge tout doux. Le soir, on se réunit tous là pour écouter les histoires. Souvent, on allume un feu dans la cheminée, comme dans les contes. Cela me rappelle les soirées dans mon ancienne maison.

Rose ne prononçait jamais le nom de ses parents, le mot maman ou papa. Elle parlait juste de son ancienne vie ou de son ancienne maison. Comme si elle était parvenue à tirer un trait sur son passé pour passer à l'étape suivante. Henri n'avait pas osé imaginer la vie de Rose là-bas et était soulagé d'entendre sa description.

— Je suis dans la même chambre que Lucie. Le soir, elle me rejoint dans mon lit pour me raconter sa journée dans son école. Je connais par cœur le nom de ses copains, surtout les pires et les meilleurs.

Rose parlait vite, comme si le barrage qui avait retenu un torrent de mots avait finalement lâché.

— Lucie m'a montré comment choisir et assortir mes habits chaque matin. Il y a beaucoup de choses que je fais toute seule maintenant et le soir, nous avons le droit de lire au lit.

— Tu lis déjà des livres ? renchérit-il généreusement.

— J'essaie... Ce sont les histoires de Mila. Elle voyage beaucoup et il lui arrive plein de choses. Il y a beaucoup de dessins et très peu à lire. J'espère que plus tard, je pourrai voyager comme elle.

Rose tira sur son pull vieux rose. Il faisait frisquet et les manches se raccourcissaient chaque semaine. Elle savait ce qui l'attendait, elle devrait un jour l'abandonner s'il ne se décidait pas à grandir avec elle. Mais comment accepter de ne plus s'envelopper dans ce vêtement tricoté avec patience par sa mère ? Alors Rose dissimulait ses poignets nus sous une veste, un subterfuge pour quelques jours de sursis. Les adultes avaient compris et fermé les yeux, certains le cœur serré.

— Et ceux qui s'occupent de toi ? Ils sont gentils ?

— Ça dépend...

Elle marqua une pause, hésitant à aborder le sujet. Elle baissa les yeux et déjà Henri regrettait sa question. Pour une fois qu'elle était enthousiaste.

— C'est Chloé qui s'occupe souvent de Lucie et moi et elle a l'air vraiment contente d'être là avec nous. Les autres s'impatientent parfois, ils veulent qu'on s'habille rapidement parce qu'ils disent qu'ils doivent rentrer chez eux. Je les imagine alors dans leurs maisons, prenant dans leurs bras leurs enfants. Et j'ai un peu mal mais je me tais.

Henri eut un pincement au cœur. Rose avait l'air d'avoir grandi plus vite que lui. Était-ce là le plus grand impact de la souffrance ? Non, sans doute pas. Son plus grand impact était la distance qui s'était installée entre elle et les autres, entre elle et Henri. Ce mur invisible qu'elle avait bâti en quelques semaines, une épaisseur comme le vaccin le plus efficace contre un autre abandon.

Henri aurait encore deux belles années pour choyer Rose et donner vie à sa promesse. Trop peu pour la retrouver, mais assez pour ne pas la perdre définitivement.

10.

Le 2 juillet 2012

— Alors, que deviens-tu ma petite Rose ? me demande Oscar.

— Une étudiante en médecine qui fait un break ? Une experte en ruptures ? Une aventurière solitaire ? Je n'en sais rien... Et toi, Oscar, que deviens-tu ? dis-je en imitant son ton légèrement paternaliste.

— Un homme heureux. La vie est belle ici.

— Et ton rêve ? Devenu réalité alors ?

— Oui, la société a pris son envol. Les chiffres sont bons et les perspectives également. Qui aurait pu croire que travailler dans le recyclage serait aussi enrichissant ? À tous niveaux d'ailleurs !

— Combien de personnes ta société emploie-t-elle aujourd'hui ?

— Une trentaine. Tu t'imagines ? Nous sommes partis de rien et aujourd'hui, l'avenir est assuré et je peux faire ce que j'aime !

Pendant plusieurs années, Oscar avait poursuivi un rêve que beaucoup disaient irréalisable, un rêve chargé de sens pour cet amoureux de la nature. Son but était d'influencer le fonctionnement d'une petite partie de notre planète en créant de nouveaux circuits de recyclage dans une économie en essor, celle de la région où il s'est implanté. Oscar avait à peine son diplôme en poche qu'il s'était immédiatement lancé dans ce projet, comme s'il n'avait peur de rien ni de personne. Cette confiance que j'avais perçue chez lui dès notre première rencontre était bien réelle. Malgré les détours qu'avait pris sa vie, il s'était obstiné à croire que tout était possible et il avait réussi. J'aurais tant aimé pouvoir suivre la même route, avoir confiance en moi et dans la vie. Les fées s'étaient penchées sur son berceau, pour le pire et le meilleur.

— Bravo, c'est impressionnant.

— La chance m'a toujours souri, dit-il avec une pointe d'humour.

— Toujours aussi humble...

— Tu sais que Lucie est venue me rejoindre ici, en Asie ? Elle travaille avec moi.

— J'avoue qu'elle m'a bien manquée depuis son départ. Est-ce qu'elle aura le temps de se joindre à nous ?

Je réalise que je parle comme si la maison m'appartenait. Oscar ne semble pas avoir remarqué. Enfants, nous avons vécu un quotidien de partage et il a continué sur ce mode.

— Oui, elle est impatiente de te voir. J'espère que tu comptes t'attarder un peu. J'ai l'impression que le repos te fait du bien.

— Si tu insistes... quelle raison aurais-je de quitter le paradis sur terre ?

Je détourne les yeux pour qu'il ne voie pas combien je me sens perdue. Oscar a trouvé sa voie et assuré son existence alors que moi, je vis encore aux crochets d'un compte en banque bien garni. Il a su devenir adulte et je suis restée bloquée à l'étape précédente. Je tourne en rond. Ce n'est pas faute de vouloir avancer, mais j'ignore juste comment. Oscar interrompt mon long silence en tapant juste là où il faut :

— Alors raconte-moi tes dernières aventures de solitaire ?

Solitaire. Le mot est bien choisi. De la part d'Oscar, il ne me blesse pas. Je sais qu'il me taquine pour me rappeler qu'un monde m'entoure, un monde auquel je peux appartenir davantage, si je le décide.

Je survole rapidement ma rupture récente, dénuée d'intérêts et je lui explique ma rencontre avec l'inconnu dans l'avion. Oscar a toujours adoré les mystères et il m'arrache pratiquement le carton des mains pour l'examiner. En quelques secondes, il blémit. Nous avons tous le rêve secret de retrouver nos parents, de découvrir que le drame de nos vies n'est en réalité qu'un simple malentendu, que les corps calcinés à la morgue ont été attribués à tort pour Oscar et Lucie et que la vie n'a fait que m'emprunter mes parents quelque temps. Devant cette porte ouverte pour moi, il y voit lui aussi une lueur d'espoir sur son chemin. Nous avons tout partagé, nous sommes indissociables et je ne lui en veux pas d'espérer pour lui devant ce carton et cette écriture bleue. Je comprends. J'en aurais fait autant. Heureusement, une voix nous ramène à la réalité.

— Oscar, Rose, le dîner est prêt, lance Lila. Je vous laisse, je dois filer.

Une heure s'est déjà écoulée et comme chacune d'elles avec Oscar, elle prend la forme d'une minute. Lila a dressé une jolie table sous le toit en bois de la terrasse : une nappe blanche brodée de dentelles, un petit bouquet de roses dans un vase précieux, une vaisselle aux dessins bleu givré, le tout formant un ensemble harmonieux. La lumière des bougies joue sur les multiples facettes des verres en cristal et projette des reflets colorés sur la nappe. Elle a versé le vin dans une carafe pour l'aérer. Dans ces gestes, on sent toute l'affection que Lila porte à Oscar. Un lien s'est tissé entre ces deux rescapés de la vie, un lien qui ne s'attarde pas sur leur perte commune, mais s'exprime joyeusement.

J'observe discrètement Oscar. Son torse est plus large et sa carrure inspire la sécurité. Comment ai-je pu vivre loin de lui aussi longtemps ? Je mesure soudain combien il m'a manqué. Une pluie torrentielle s'abat sur nous. L'eau frappe les feuilles des arbres avec force et martèle le sol de la terrasse, éclaboussant tout autour d'elle. Abrités, nous restons en silence devant la pluie qui faiblit déjà. Des brumes, vapeurs d'eau, caressent le paysage détrempé. Je nous imagine seuls survivants sur la planète, dans cette nature démesurée. Oscar choisit ce moment pour s'approcher de moi. Il prend doucement mon visage dans ses mains, me regarde et dans la foulée, caresse mes lèvres avec les siennes. Ce premier contact si intime me bouleverse. Je baisse la tête pour qu'il ne s'aperçoive pas que je rougis. Il recommence et je ne résiste pas. Ses bras m'entourent maintenant et telle une évidence, il m'embrasse. Un baiser d'Oscar. L'air humide entoure nos corps serrés. Je connais bien ses bras et pourtant, j'ai l'impression de les découvrir pour la première fois. À cet instant, mes sentiments et l'intensité qui grandit sont autant de terres inconnues, comme si Oscar avait ouvert une porte en moi. C'est puissant mais je n'ai pas peur, j'ai envie d'aller plus loin, de dépasser les limites que je me suis fixées. Comme dirait Louise, accepter de me laisser aimer.

11.

Automne 1997

C'est un mardi qu'une succession de décisions prises à la légère vinrent bousculer l'univers de Rose. Deux années s'étaient écoulées depuis le départ de ses parents et elle avait fait de son mieux pour s'adapter à sa nouvelle vie. S'appuyer sur Henri pour grandir tel un jeune arbre sur son tuteur, se concentrer sur la joie de Lucie et la force d'Oscar, autant de repères qu'elle avait su trouver dans son quotidien bouleversé. Rose savait désormais mener seule la valse des corvées et tâches qui la guidaient du lever au coucher et appréciait le rythme régulier de la vie en communauté. Tout semblait se dérouler au ralenti car, parmi les dizaines de pensionnaires, il y avait toujours au moins un retardataire, une garantie permanente de pouvoir prendre son temps.

Ce matin-là, elle se rendit dans le hall pour partir à l'école et surprit une conversation animée entre le chauffeur du bus et le directeur de l'orphelinat, deux hommes qui ne se refusaient pas grand-chose comme en témoignaient leurs silhouettes arrondies. Leurs gestes agitaient quelques amas de graisse et Rose était plus absorbée par cette danse des chairs que par les mots qui s'échangeaient devant elle.

— Oui, monsieur le directeur, mais je fais de mon mieux ! larmoyait le chauffeur en se grattant le menton. L'homme passionné de bingo avait trouvé le métier parfait pour vivre son hobby. Entre les trajets qui ponctuaient sa journée, Bob se rendait dans ces grandes salles où des joueurs fiévreux tendent l'oreille à l'affût du chiffre espéré. Il attendait pendant des heures que la chance vienne, avec la même naïveté qu'à la première partie. Aucune déconvenue ne venait à bout de sa confiance, rien ne pouvait entamer son avidité. Jour après jour, avec un espoir renouvelé, il s'asseyait sur cette chaise en plastique inconfortable qui le faisait transpirer. La nuit, il rêvait de gains et de gloire. Devenir le roi du bingo pour séduire Madeleine. Et chaque matin, il se levait avec le même entrain.

— Mais Bob, comment est-ce possible que la plupart des enfants arrivent en retard ? Je ne peux plus perdre mon temps au téléphone avec des directrices d'école ! J'ai autre chose à faire ! s'impatienta le directeur.

Jules Noret était proche de la retraite et las de gérer ce genre de petits pépins. Il n'avait plus l'élan de se battre et économisait un maximum l'énergie qui lui restait en attendant sa pension. Il soupira bruyamment, espérant enfin une excuse cohérente.

— Ce n'est pas ma faute, monsieur ! supplia le vieux chauffeur.

Il fallait lancer un os au directeur pour éviter qu'il vienne fourrer son nez dans ses affaires ou pire, qu'il le licencie. Bob réfléchissait aussi vite que possible. L'idéal était de trouver un coupable pour être certain de conserver son poste et ses avantages. Ce travail prenait place dans un plan plus grand destiné à conquérir Madeleine. Il était le premier rouage indispensable car, sans lui, pas de bingo et sans bingo, pas de triomphe et sans triomphe, il n'était pas certain que Madeleine le trouve définitivement à son goût !

Bob espérait que Jules Noret ne se méfierait pas face à ses hésitations. Sinon, il aurait pu se poser des questions et se rendre compte que ces retards ne dataient que de quelques mois. Avant, il n'y avait jamais eu aucun souci. Il fallait empêcher à tout prix que le directeur ne s'engage dans cette voie et réalise qu'il devait forcément y avoir une explication. S'il s'était simplement donné la peine de calculer les différents trajets, le directeur aurait facilement découvert la vérité : le petit bus avait le temps nécessaire pour déposer tous ses passagers à l'heure. Mais pour une fois, la chance était du côté de Bob, ce n'était pas M. Noret qui ferait un excès de zèle. La bonne question à se poser était pourtant évidente : qu'est-ce qui avait changé dans les habitudes du chauffeur depuis quelques mois ?

Bob connaissait la réponse. Elle impliquait Madeleine et le délicieux café qu'elle lui préparait chaque matin. Renoncer à ce rituel revenait à perdre toute opportunité d'emballer la belle ! Des semaines qu'il y travaillait, lui, ce vieux célibataire qui entrevoyait enfin la possibilité de ne pas mourir seul. Il tenta de se donner bonne conscience en se convainquant qu'il ne retardait les élèves que de quelques minutes. Dès que le bus arrivait au coin de la rue où se situait la brasserie, Madeleine lançait la machine et, arrivé à hauteur du commerce, elle courait le lui apporter. Le café était rapidement avalé, debout à côté du bus et une bise sur la joue de Madeleine plus tard, il embarquait à nouveau pour sa tournée. Non, il ne pouvait pas renoncer à ce rêve, le seul dans sa vie solitaire.

Si seulement Bob avait saisi que la jolie Madeleine était surtout une excellente commerciale, usant de ses charmes pour multiplier ses ventes de cafés. S'il avait compris que dans leurs brèves rencontres matinales, Madeleine ne voyait pas un rendez-vous amoureux, mais bien des francs s'amasser, chaque café la rapprochant de la permanente qu'elle s'offrirait en fin de mois. Si seulement il l'avait su, la vie de Rose aurait été bien différente.

Le chauffeur hésita encore un instant, puis marmonna la seule excuse qu'il avait pu trouver, sans même un regard pour la petite.

— Chaque matin, je perds du temps avec le détour pour l'école de Rose. Il faut partir plus tôt si vous ne voulez pas de retard !

— Impossible, vous le savez bien. Mon personnel commence à heure fixe et les petits ne vont pas se lever tout seuls ! Bon, il faut résoudre ce problème. Je vais passer quelques appels.

Et c'est ainsi que du jour au lendemain, il fut décidé que Rose changerait d'école pour rejoindre celle de Lucie et des autres pensionnaires.

Pour un café et une Madeleine, sa vie prenait un nouveau cap.

Rose profita de cette dernière journée dans l'insouciance, confiante qu'il y en aurait beaucoup d'autres. Et, sans le savoir, en franchissant le portail de son école ce soir-là, elle quitta la vie d'Henri. Bien involontairement.

12.

Le 2 juillet 2012

Je ne me doutais pas qu'elle serait aussi belle. Je suis encore sous le choc de notre rencontre. A-t-elle remarqué que ma main tremblait en lui tendant l'enveloppe ? A-t-elle vu l'émotion dans mes yeux ? Je ne crois pas. Rose semblait distraite, égarée, loin de nous et de cet avion qui nous emportait ailleurs. En découvrant sa petite mine, je mourais d'envie de lui en dire plus, de la prendre dans mes bras pour la rassurer, mais je dus m'en tenir au plan. Ne pas l'effrayer, juste éveiller sa curiosité pour la préparer pour la suite.

Arrivé à destination, j'ai loué une petite voiture sympathique qui me donne l'impression d'être en vacances chaque fois que je la regarde. Comme si elle me lançait : « Allez, viens profiter ! T'en as bien besoin ! Détends-toi un peu ! » Alors, j'ai obéi. Je me suis installé dans un hôtel sur la plage et j'ai pris mon temps. Les jours qui m'attendaient étant aussi délicats qu'importants, il fallait manœuvrer correctement pour l'approcher et savoir quand faire le premier pas.

Je l'imagine ouvrir cette enveloppe tandis que j'observe les vagues répéter leurs allers-retours incessants. Y aura-t-elle cru ? Il n'a pas été facile pour moi de prendre cette décision mais c'est la seule qui m'était possible.

Aujourd'hui, j'ai voulu lui rendre visite. J'ai traversé des kilomètres de paysages vallonnés, couverts de points colorés, de rizières et autres plantations. Pendant ce long trajet, je n'ai rien admiré, trop concentré sur mon plan et ce n'est qu'au retour que j'ai saisi toute la beauté de la région. J'avais quitté la route principale, pris une première route plus étroite puis une autre qui semblait peu utilisée et j'ai compris que je me rapprochais de ma destination. J'allais m'engager dans une pente quand soudain, mon moteur s'arrêta net. Je sortis en pestant sur la société de location et fis un tour rapide de la voiture. Pourquoi ? J'avais dû voir cela dans un film et m'imaginer que cela pourrait aider. Mon petit tour ne révéla rien de particulier et me conforta dans mon intuition de départ, tout se passait sous le capot. Mes muscles étaient raidis par des heures de crispation. Nerveux à l'idée de cette visite précipitée, j'avais conduit les épaules soulevées et les mains trop serrées sur le volant, comme si la voiture pouvait m'échapper. Mon instinct me dictait d'attendre et mon véhicule allait dans son sens. J'ai finalement soulevé le capot et fait mine d'examiner l'intérieur. Je n'y connaissais rien en mécanique et la vue du métal sali ne m'inspira guère. J'approchai une main de l'appareil pour au dernier moment, me raviser. La route avait été longue et le moteur était certainement chaud.

Alors je décidai d'attendre, assis sur un petit rocher sur le bas-côté de la route. C'est là que je découvris, face à moi, au loin, la maison d'Oscar. J'avais suivi aveuglément les indications de mon GPS sans même tenter d'apercevoir le domaine. La propriété était imposante, prolongée par une terrasse et son immense piscine, autant de tentations après la distance parcourue. En fixant ce point, mes yeux s'adaptèrent à la lumière et au relief et je pus gagner en précision. Je crus voir un corps sur une chaise longue et j'eus cette impression bizarre qu'elle pouvait me voir moi aussi, assis sur mon rocher. À quelques centaines de mètres, je nous imaginais dans ce face-à-face intense, à nous regarder droit dans les yeux, elle, sur sa terrasse et moi, sur le bord du chemin. Puis, elle s'est levée, a plongé dans la piscine et cette vision m'a rongé de culpabilité. Comment osais-je perturber sa quiétude, sans même m'annoncer ? En une fraction de seconde, je voyais défiler mon plan et je ne pouvais m'empêcher de douter. Était-ce vraiment la meilleure option ? Pour Rose ? Pour moi ?

Je regagnai la voiture pour profiter d'un peu d'ombre et j'effleurai du bout des doigts le petit paquet posé sur le siège passager. Je devais être plus patient, la laisser se reposer, elle le recevrait plus tard. Je tournai la clé pour tenter de démarrer le véhicule et le moteur ronronna miraculeusement. Je rebroussai chemin en me délectant cette fois-ci du spectacle qui s'offrait devant mes yeux.

Je crois que j'ai bien fait d'attendre. Je pose un pied pour sentir la chaleur du sable et saisis le paquet sur la chaise longue à côté de moi. Je l'ouvre pour vérifier son contenu. Il s'agit d'un carnet manuscrit dont la couverture en cuir bleu semble usée d'avoir été trop tenue. Je passe le doigt sur le liseré plus foncé qui borde son contour et l'approche de mon visage. Son odeur me rappelle mon enfance. Je suis à la fois impatient que Rose le découvre et, en même temps, j'ai peur de remuer le passé. Je feuillète distraitement quelques pages. L'écriture est régulière et légèrement penchée. La première page date du 3 juillet 1985.

New York, le 3 juillet 1985

Cher journal,

Quelle effervescence ! Bien sûr toutes les villes ont une grande activité mais, ici, c'est différent. Il y a cette énergie particulière qui chaque matin me pousse hors de mon lit. J'ai envie de découvrir, bouger, créer, vivre. Ma mère m'a loué un studio dans Greenwich Village. J'ai même un balcon sur lequel j'ai reproduit un petit jardin en plantant dans de larges vasques des herbes aromatiques : menthe, aneth, coriandre et basilic. J'ai semé aussi quelques-unes de mes fleurs préférées dans des petits pots individuels que j'ai accrochés au mur. Toute cette nature en miniature me rappelle ma campagne natale. Chez nous, comme dirait ma mère, la nature est aussi essentielle que l'air et l'eau !

Mes cours d'anglais ne me prennent qu'une petite partie de la journée et, le reste du temps, je fais exactement ce que je veux ! Quatre mois de liberté avant de rentrer en Europe... Et demain, une grande fête pour le Jour de l'Indépendance. Des amis de ma mère m'ont invitée à la réception qu'ils donnent pour leur fille, Mary.

Aujourd'hui, une journée de promenade dans les rues de New York m'attend, l'occasion de trouver la robe de mes rêves.

C'est ma mère qui m'a conseillé de tenir ce journal pendant mon séjour à l'étranger pour être certaine d'avoir toujours quelqu'un à qui me confier. Elle-même a commencé le sien au même âge et sa mère avant elle, une tradition pour notre lignée féminine. J'aime bien cette idée. Me sentir moins seule en devenant ma confidente.

Ces lignes dénotent avec le souvenir de son auteure. Cette jeune femme ne paraît pas timide ni introvertie, bien au contraire. Je l'imagine enjouée, enthousiaste. Mal à l'aise, je referme le carnet. Il ne m'est pas destiné. J'ai l'impression de violer l'intimité d'une femme dont j'ai aujourd'hui dépassé l'âge. Sa disparition l'a bloquée dans le passé, à un âge devenu pour elle éternel. Je suis l'aîné de celle qui a écrit ces lignes et un jour prochain, je deviendrai l'aîné de celle qui a disparu.

Il est temps que ce carnet revienne à Rose. Je confie ce bien précieux à la réception de l'hôtel en leur demandant de le faire parvenir par coursier. Quand l'apporter ? Aujourd'hui ? Non, demain.

Laissez-lui encore quelques heures d'innocence. Une nuit avant de découvrir qui était vraiment sa mère.

13.

Automne 1997

Chloé avait du mal à croire ce que les fillettes lui racontaient. Tout en écoutant les enfants, leur éducatrice préférée avait initié un autre dialogue, intérieur celui-ci. Bien sûr les adultes pouvaient manquer de tact, mais comment oser enlever cet enfant de son école, repère essentiel ? Du jour au lendemain ? Et sans même lui donner la possibilité de dire au revoir ? C'était cruel. Dans un univers où la souffrance était visible dans tant de jeunes regards, beaucoup se seraient endurcis mais Chloé avait trouvé la force de continuer avec la même sensibilité, sans s'altérer.

— Moi vivante cela ne se passera pas comme cela ! ajouta Chloé en regrettant aussitôt ces derniers mots.

Parler de vie et de mort devant ces orphelins était un sujet délicat. On ne l'abordait pas à la légère comme on peut le faire dans une vie où la perte n'est pas devenue une réalité. Rose n'avait pratiquement jamais vu son éducatrice préférée en colère. La jeune femme avait su gérer son impatience dans les moments difficiles, obtenir le respect des enfants sans hausser le ton, éduquer sans faire peur. Dans cette révolte, Rose voyait de l'amour, un peu d'espoir aussi et cela lui faisait du bien. Dans un quotidien qui lui avait trop souvent prouvé son impuissance, Chloé lui montrait qu'elle ne serait pas toujours une victime.

— Je vais tout de suite aller leur dire ce que j'en pense de leur nouvelle organisation !

Elle allait franchir la porte, puis se ravisa.

— Rose, qu'est-ce que tu voudrais, au fond ? Rester dans ton école ?

Rose réfléchit un instant. Que voulait-elle au fond ?

— Cette fois-ci, je veux pouvoir dire au revoir.

Chloé dut respirer profondément pour cacher son émotion. Une gamine de huit ans qui vous dit cela ! Elle avait pourtant l'habitude de voir les petits pensionnaires grandir vite. Ceux qui n'étaient pas engloutis par la colère ou leur tristesse semblaient plus aptes à surmonter des difficultés que les enfants du même âge. Les épreuves les avaient forcés à s'adapter aux vicissitudes de la vie. Ils pouvaient ressembler à un patchwork coloré, une fois adultes, certaines parties d'eux avaient mûri trop vite alors que d'autres étaient restées immatures. Incroyablement forts et incroyablement fragiles, ils devaient évoluer parmi ceux qui connaissaient une relative tranquillité. Parvenir à se laisser approcher et réussir à faire confiance à nouveau.

Chloé connaissait le chemin qui attendait chacun d'eux. Un soir d'été, elle avait été abandonnée dans un panier sous un arbre, enveloppée dans une couverture. Un petit mot avait été négligemment agrafé « *Prenez soin d'elle* ». Dans une vie, on a rarement aussi peu qu'un panier et une couverture.

C'était tout ce que possédait ce bébé, gazouillant comme si sa mère allait revenir pour lui donner câlins et purée de carottes. Aujourd'hui, elle était devenue une trentenaire aux cheveux châtains et aux yeux bleus, dotée d'une élégance naturelle, même en jean et vieux sweat gris. Sa vocation s'était imposée naturellement, elle avait choisi d'accompagner ceux qui partageaient son destin. Elle lança un dernier regard à ses protégées et s'engagea dans le couloir, prête à affronter le directeur.

Il était presque huit heures quand Chloé se dirigea au pas de course vers son bureau. Il ne fallait pas le manquer, lui qui était si ponctuel quand il s'agissait de terminer sa journée de travail. Elle frappa à la porte et attendit un bruit indiquant sa présence. Une chaise racla le sol.

— Oui, lança paresseusement Jules Noret.

Chloé entrouvrit la porte et tenta d'adoucir son ton pour dissimuler sa colère.

— Monsieur, je dois vous parler. C'est à propos de Rose, dit Chloé sur un ton plus plaintif que voulu.

Le directeur connaissait bien l'éducatrice, sa détermination et surtout son sens de la justice. Il poussa un soupir et d'un geste de la main lui offrit de s'asseoir. Il était tard, il fallait aller à l'essentiel pour qu'il puisse enfin retrouver les siens. Il passa une main sur son visage pour tenter de se réveiller, être efficace et trouver une dernière solution. Chaque journée contenait des centaines de solutions pour résoudre des centaines de problèmes. Il se faisait vieux, comme son crâne dégarni et ses traits fatigués l'attestaient. Son ventre légèrement bedonnant mettait à mal la ligne de boutons de sa chemise à carreaux et il grogna encore devant ces zigzags, signes de son manque de discipline. Il opina pour encourager Chloé à continuer.

— Vous ne pouvez pas changer Rose d'école aussi brutalement.

Le directeur ne voulut pas perdre de temps. Reconnaître ses torts n'était pas son fort, mais c'était parfois nécessaire.

— Vous avez raison. Que proposez-vous ?

Déstabilisée, Chloé resta un moment silencieuse. Elle avait soigneusement préparé son argumentation sans imaginer qu'elle pourrait obtenir gain de cause aussi facilement.

— Je... hésita Chloé.

— Oui ?

— Il faut qu'elle puisse leur dire au revoir et maintenir le contact, s'aventura Chloé.

— Que proposez-vous exactement ?

— Nous pourrions faire une petite fête ici ou à l'école ?

— À l'école alors, conclut le directeur.

Il ferma son dossier et se leva pour signifier que la conversation était terminée. Il griffonna un numéro de téléphone sur un papier et le tendit à sa jeune employée.

— Voici les coordonnées de Madame Geneviève, dit-il en enfilant sa veste. Elle m'a contactée aujourd'hui pour les mêmes raisons. Je vous laisse vous organiser.

Il eut la présence d'esprit d'ajouter :

— Merci, votre dévouement fait la différence pour nos enfants.

C'était sa façon à lui de dire « merci d'être l'humain que ma paresse ne me permet pas d'être, cela me permet de bien dormir la nuit ».

14.

Le 2 juillet 2012

Je me dégage de ses bras aimants et je regarde Oscar. J'ignore comment réagir. Et puis, quels mots pour contrer tous ces non-dits qui flottent entre nous ? Je sens les papillons dont Lucie m'a tant de fois parlés. Oscar cligne des yeux et donne l'impression de vouloir détourner le regard. Serait-il intimidé ? Le grand et fort Oscar ? Celui dont l'assurance n'a jamais faibli dans nos jeux d'enfants ? J'avoue que j'aime bien le sentir faillible, savoir qu'il est humain comme nous. Il glisse sa paume le long de mon bras et termine sa caresse en prenant ma main dans la sienne. Elle est chaude et son contact me rassure. Sans un mot, il me guide vers la table qui a été dressée et me tend mon verre de vin. Nous trinquons avec ces premiers mots si faciles pour nous. *À nos vies*. Mais ce rituel prend ce soir un autre sens. À nos vies entremêlées. À nos vies mélangées. À cette union soudaine. Je crois que nous sommes tous les deux surpris par ce baiser. S'embrasser constitue plus qu'un tabou, c'est une impossibilité. Nous avons grandi ensemble, unis par des liens aussi forts que ceux du sang. Plus forts même puisque nous nous sommes choisis, contrairement aux familles qui se créent au gré de la nature. Il y avait ces moqueries des autres enfants sur mon prétendu amour secret pour Oscar, mais je n'ai jamais pris cela au sérieux.

Je trempe mes lèvres dans le vin frais. Un parfum de fruits rouges ? Une note plus puissante ? Peu importe, je n'y connais rien. J'ai juste envie de m'enivrer, prendre de l'assurance et définitivement museler cette petite voix qui me rappelle à l'ordre. M'enivrer avec Oscar. Ses yeux brillent un peu et je me dis qu'il ne doit pas boire souvent. Il tente l'humour et me présente ma chaise à force de grands gestes comme le ferait l'homme galant d'une autre époque. Je ne trouve pas ça drôle, mais je souris poliment pour ne pas le décourager. Après tout, il est le seul à essayer de retrouver un semblant de normalité et des repères dans notre relation bouleversée. Je le souhaite aussi, alors je me lance :

— Tout cela a l'air délicieux, j'ai une faim de loup !

Pas très original, mais je n'avais rien de mieux. Mon cerveau submergé par toutes ces émotions ne semble travailler qu'à cinquante pour cent de ses capacités. Mes efforts ne sont pas vains, Oscar enchaîne :

— Lila est une excellente cuisinière ! Goûte ses patates douces, c'est un régal !

Nos échanges sont dignes d'une mauvaise série télévisée. Ils sonnent faux. Malgré tout, nous persévérons à retrouver ce naturel envolé avec nos baisers. Il offre de me servir et j'acquiesce. Nous essayons de faire comme si rien ne s'était passé mais l'ambiance est pesante. Je persévère sur un ton que je veux léger.

— Tu restes souvent dans cette maison ?

— J'y viens le week-end et si possible en semaine. J'y ai trouvé un foyer. Je me sens chez moi ici.

Comment se sentir autrement dans cet endroit idyllique ? Je cherche quoi dire, car je ne veux pas laisser le silence s'installer. Oscar semble poursuivre le même objectif.

— Alors Rose, pourquoi es-tu venue te réfugier ici ?

Sa question est légitime. Je n'y ai pas encore réfléchi. Dans mon histoire, on peut partir sur un coup de tête sans devoir se justifier. On pourrait trouver une explication facile à ce comportement, la disparition soudaine et inexpliquée de mes parents un jour de printemps. Je trouve cela un peu commode, je crois que j'aurais été un peu la même sans cette épreuve. Ce côté sauvage a toujours fait partie de moi et leur départ n'a fait qu'accentuer mon caractère indépendant et légèrement impétueux. Pour Oscar, je suis prête à trouver une réponse alors j'essaie.

— Cela ne fonctionnait pas avec Arthur et j'avais trois mois devant moi avant la reprise des cours.

— Cela ne fonctionnait pas ?

— Oscar, tu me connais… Je me force, mais je reste incapable de mener une vie comme tout le monde. J'ai beau essayer, je ne ressens pas grand-chose.

— Vraiment ? Aucun sentiment ?

— Je crois que je ne suis pas normale.

Je m'interromps pour observer sa réaction, car je ne veux pas lui déplaire. J'ai besoin de lui dans ma vie, peu importe si les autres me trouvent bizarre. Je devine de l'intérêt dans son regard, il a envie de me comprendre et cela m'encourage.

— Alors je tente de faire semblant, me rassurant que le reste suivra. Habituellement, je le choisis sympa, beau, intelligent, drôle si possible et puis j'attends. Les soirées, les brunchs et les balades s'enchaînent. Je découvre dans le regard de l'autre ce désir et en moi, presque rien. C'est à chaque fois le même scénario.

Je fais une pause. Je redoute qu'Oscar prenne mon explication pour une mise en garde prétentieuse. Je suis partagée mais mon envie d'être honnête gagne après seulement quelques secondes.

— Puis, vient le moment où l'élu du moment s'en aperçoit. Le plus souvent, il se met en colère. Sans doute se sent-il floué ? Je lui ai volé son temps, ses caresses, ses attentions. Il a contribué seul à une danse qu'il croyait commune. Mes tentatives d'explication sont vaines. Comment raisonner un homme blessé ? Lui assurer que j'ai tout tenté pour l'aimer ? C'est pire, même si c'est la vérité.

Je voudrais qu'il dise quelque chose, mais il a baissé les yeux sur son assiette. Je n'aurais pas dû être aussi transparente. Qu'est-ce qui m'a pris ? Quand il lève la tête, son regard brille et l'alcool n'est plus le seul responsable. Ses yeux contiennent avec peine quelques larmes et il les ferme un court instant pour éviter le débordement. Aussi loin que je me souvienne, je n'ai jamais vu Oscar pleurer. Les larmes sont profondément intimes et cette proximité lui fait peur. Pour nous, les enfants orphelins, le lien est un défi. Il exige la prise d'un risque énorme, celui d'être à nouveau abandonné. Le départ prématuré de nos parents nous a ôté bien plus que des présences aimantes, il nous a privé de cette confiance dans la vie, la confiance que les relations peuvent durer, que l'autre peut rester.

Je cherche un sujet plus léger, mais Oscar ne m'en laisse pas le temps. Il ne lui faut qu'une phrase pour me confier son secret, il prend ma main et lutte contre son émotion pour articuler :

— Je suis comme toi, Rose.

Il ne me donne pas davantage d'explications. Je veux le préserver et n'en demande pas non plus. De toute façon, il a tout dit.

Nous terminons les plats en silence. L'humidité ambiante me fait frissonner, ma peau se modifie sous l'effet des poils qui se hérissent pour me protéger du froid. Oscar passe sa main sur mon poignet pour lui rendre son aspect lisse. Il se lève et m'entraîne vers un des canapés de la terrasse. Au passage, il attrape un plaid dans un coffre en osier et s'installe à côté de moi. Nous faisons face à un noir profond. La nuit est tombée et les bruits de la jungle indonésienne s'élèvent tout autour. Le silence s'est installé entre nous et je crois savoir pourquoi. Ce baiser et nos confidences évoquent un souvenir précis, celui d'un après-midi lointain au cours duquel nous avons conclu un pacte.

Un pacte qui va déterminer notre présent et m'ôter les deux bras qui m'enlacent. Le pacte des survivants.

15.

Printemps 2000

C'était une après-midi pluvieuse et quelques-uns avaient trouvé refuge dans le quartier général des survivants. À l'époque, il ne portait pas encore ce nom. Les enfants se lançaient « *rendez-vous où vous savez* ! » et la petite bande d'élus gravissait quatre à quatre les vieux escaliers. Il y avait Oscar, Lucie, Rose, Adam et Max. Leur groupe était surtout le fruit du hasard. Rose avait été invitée parce qu'elle partageait la chambre de Lucie, Adam parce qu'il partageait celle d'Oscar. Pour Max, c'était différent : il les avait surpris s'échappant par la porte de service et les avait suppliés de le laisser les suivre. Sa détermination les avait touchés.

Oscar était leur chef naturel, il avait trouvé ce lieu lors d'une de ses expéditions secrètes, quelques semaines après son arrivée à l'orphelinat. Il s'y était d'abord réfugié pour pleurer ses parents, loin du regard des autres et surtout de sa petite sœur. Roulé en boule, il avait sangloté, ses bras serrés autour d'un coussin. Au début, c'était l'odeur douce de sa mère qui lui manquait le plus. Ce fut ensuite la voix de son père qu'il tenta vainement d'entendre à nouveau. À cet âge-là, les souvenirs ont la vie courte. Il voulait conserver les trésors de sa vie passée et se sentait impuissant face à tous ces détails qui s'effaçaient jour après jour. Il avait alors frappé de toutes ses forces dans le même coussin qu'il avait enlacé, hurlé avec sa petite voix de six ans, presque mugi dans le silence du grand grenier. La colère avait transformé sa voix, la rendant rauque, une scène étrange que celle de la souffrance qui tente d'être transcendée. Oscar voulait vivre, mais il avait l'impression chaque soir en s'endormant que sa peine l'engloutirait, que plus rien ne pourrait exister sauf elle. Il avait achevé son deuil replié sur lui-même dans un coin du grenier, paralysé par la peur de ne pas savoir grandir seul et de ne pas être le frère dont Lucie aurait besoin. On a toujours envie d'être fort pour ceux qu'on aime. Oscar l'avait compris très tôt.

Un matin, il s'était réveillé un peu différent, comme si, à côté de la souffrance, il y avait désormais une place. Et c'est ce jour-là qu'il avait vu dans son refuge un lieu pour autre chose que les larmes. Un lieu pour s'unir contre l'adversité et faire ensemble un pied de nez au destin. En quatre années, le groupe avait grandi et formait aujourd'hui une alliance solide et souvent joyeuse.

Alors que dehors la pluie lavait la campagne de son manteau de pollen, Oscar avait initié un rituel hebdomadaire : le débat. Au départ, tous voulaient imiter les voix de la radio dans le bus du matin. Ils prenaient des grosses voix et tentaient de se rappeler les mots compliqués. Puis, la tradition s'était transformée avec le temps et les débats portaient désormais sur leur quotidien. Les thèmes étaient variés et chacun y participait avec énergie. *Pour ou contre se brosser les dents le matin ? Pour ou contre dire la vérité aux éducateurs ? Pour ou contre devenir grand ? Pour ou contre la varicelle ? Pour ou contre la glace au chocolat tous les jours ?* Ce dernier débat avait fait beaucoup réfléchir Rose. Elle avait osé partager quelques arguments :

— Est-ce qu'on en profite encore si on en mange tous les jours ?

Elle les présentait souvent sous forme de questions, par peur de trop s'imposer. Chacun avait son style pour dresser son argumentaire. Oscar, c'était l'humour. Max, les jolis mots. Lucie, son charme. Adam, le défi.

Le débat du jour était particulièrement chahuté : *pour ou contre un pacte pour notre groupe* ?

— Un pacte pour quoi faire ? avait lancé Adam.

— Pour s'engager, répondit Max.

— Mais on n'a même pas un nom de bande, s'était plaint Lucie.

— Eh bien trouvons aussi un nom de bande, suggéra Oscar. Du haut de ses douze ans, il était l'aîné du groupe et de loin le plus grand en taille. Lui et Lucie formaient une belle fratrie, leur cheveux châtain clair se mariant parfaitement avec leur teint rosé.

— Que pensez-vous des « *survivants* » ? proposa timidement Rose.

Quatre visages se tournèrent vers elle, songeurs. Une vie où on laisse ses parents derrière soi donne un sentiment étrange, celui de ne pas avoir tout à fait le droit d'être encore là, un peu comme si on avait joué un tour au destin. Survivant d'un cataclysme qui a détruit tout son univers. Survivant parce qu'il en faut de l'énergie pour rester en vie sans eux.

— Les survivants, j'aime bien, dit Oscar.

— Moi aussi, enchaîna Lucie.

Les autres acquiescèrent. « *Les survivants* » suggérait la dose rêvée d'aventure, de mystère et d'héroïsme.

— Et qu'est-ce que tu veux dans ce pacte ? osa Rose, galvanisée par l'approbation générale.

— Des règles de vie qui nous lient pour toujours. On est un peu comme une famille et une famille a ses règles, non ?

Personne ne sut quoi répondre. Leur vie dans un foyer était déjà bien loin et le quotidien en famille constituait une énigme, éclairée par quelques récits de copains de classe ou d'histoires lues le soir.

Face au silence, Oscar continua :

— Je veux juste un pacte pour être amis pour la vie. Parce que vous êtes ma seule famille et que j'ai besoin de vous.

La petite bande opina. Ils représentaient l'un pour l'autre la seule constance dans un univers où les changements sont fréquents. Une nouvelle classe, un éducateur qui part et leur vie est ébranlée. Ils ressentaient un besoin de permanence, de cette routine dont leurs camarades se plaignaient tant, une façon de détenir un pouvoir sur une vie peu maîtrisée.

— On pourrait avoir la règle d'être toujours honnête, proposa Lucie.

Personne ne s'opposa. Oscar prit note dans un vieux carnet qu'il avait trouvé dans un débarras du grenier.

— Et aussi de toujours prendre la défense des nôtres, poursuivit Max.

— D'être là en cas de coups durs, ajouta Oscar.

— De rester amis, continua Adam en faisant un clin d'œil à Rose.

— Qu'est-ce que tu veux dire ? répondit Rose sur un ton plus agressif que voulu.

— C'est clair non ? Si on veut éviter les drames, il faut éviter les histoires d'amouuuuur, dit Adam en simulant d'embrasser un coussin.

Lucie rit.

— Il a raison, dit Oscar.

— Vraiment ? Aucune histoire d'amour ? Jamais ? demanda Lucie un peu déçue.

— Si cela nous permet de rester unis, je trouve que le sacrifice est petit, argumenta Adam.

— Tout le monde l'accepte ? Ce serait la quatrième règle d'or alors ? interrogea Oscar.

Le bruit de la pluie dehors couvrit à moitié les quatre petits oui. En réalité, ils ignoraient à quoi ils s'engageaient, l'amour était un concept abstrait, un sujet intimidant que personne n'abordait autrement que par la blague.

— Une cinquième règle ? s'enquit Oscar.

Silence.

— De croire en nous ? tenta Lucie.

Devant les regards interrogateurs, elle poursuivit.

— Mais oui, vous savez... Chloé nous dit souvent qu'elle croit en nous. Elle veut dire qu'elle est convaincue qu'on va y arriver. Pour un examen comme pour la vie.

— Parfait, cinquième règle : croire en nous, inscrivit Oscar tout en lisant à voix haute. Maintenant, piquez-vous le doigt avec cette aiguille pour signer le pacte ! ordonna Oscar.

Personne n'osa s'opposer et au fil des *aïe* et des *ouille*, le bas de la page se colora de petites taches rouges, marques de leur engagement au pacte des survivants. Oscar leva alors son verre de grenadine et lança pour la première fois son légendaire « *À nos vies* » qui se répéta tel un écho joyeux.

16.

Le 2 juillet 2012

Les larmes chatouillent le creux en bas de mon cou. Je regarde droit devant moi. Il ne faut pas qu'il me voie. Je veux rester le plus longtemps possible serrée contre lui. Ignorer ce pacte, cette sagesse d'enfants. Bien sûr que nous avions raison, il est évident que nous avons trop à perdre. Oscar et moi sommes tellement diminués par nos tragédies que s'unir à un autre tient du miracle ou d'un long apprentissage. Surtout en amour. Chaque fois, tenter sa chance, tâtonner et découvrir les codes d'une relation durable. Je ne veux pas faire mes armes sur Oscar. Alors, je prononce le mot, faiblement :

— Le pacte. Notre pacte.

— Oui. Le pacte.

Il me serre contre lui, puis se lève. Il reste un instant debout face à la vallée invisible. Quand il se retourne, son regard est froid.

— Je suis désolée Rose. Tu peux rester aussi longtemps que tu le souhaites. Cette maison est la tienne. Tu es ma famille. Pardon pour ce soir. Je t'aime tant. Je confonds tout je crois.

Je veux répondre, mais une boule dans la gorge m'en empêche et Oscar ne m'en laisse pas la possibilité. Il a déjà quitté la terrasse et je reste seule face au vide créé par la nuit. Je rapproche mes genoux contre moi et les enlace, à la recherche de cette présence humaine. Cette chaleur. Je tente de respirer profondément, mais l'angoisse est déjà là. C'est stupide mais j'ai peur de mourir seule, que ma solitude volontaire devienne une solitude forcée et que ma légende personnelle se confirme. Je suis celle que l'on abandonne. Les autres partent toujours. La douleur dans mes poumons se propage maintenant dans mon ventre, une peur si profonde qu'elle balaie tout argument raisonnable. Elle me rappelle certaines nuits à l'orphelinat au cours des mois qui suivirent leur disparition. Je termine mon verre de vin d'une traite, espérant atténuer mes angoisses. Il faut me changer les idées. Je me lève et débarrasse nos plats avant de monter me coucher.

Ma chambre est baignée d'une lumière douce. Quelques bougies ont été allumées dans un photophore. Une attention de Lila j'imagine. Me calmer et réussir à dormir car demain tout sera différent. Me calmer et réussir à dormir. Je tente de me concentrer sur ces seuls mots pour ne plus donner prise à la peur. Elle invente des avenirs sombres pour s'entretenir et je veux la couper de toute inspiration. *Me calmer et réussir à dormir.* Ce sont les derniers mots que je murmure ce soir-là en m'abandonnant à la nuit.

La lumière m'éblouit. Je me cache les yeux avec un coussin. J'ai dû oublier de fermer les volets. Inutile de me rendormir, je n'ai aucun talent pour la grasse matinée. Quelques minutes sont nécessaires pour me rappeler la soirée de la veille. Oscar, les baisers et le pacte. Je tente de me convaincre que c'est la meilleure décision et me rassure en me disant que nous pourrons toujours changer d'avis. L'angoisse a disparu avec la nuit et je me lève soulagée d'avoir retrouvé mes repères.

Je fais une toilette rapide. Un parfum de crêpes à la cannelle monte jusqu'à ma chambre. Je suis impatiente de voir Oscar, de lui dire que je l'aime aussi et qu'il a raison, nous sommes une famille avant tout. Il est huit heures quand j'entre dans la grande cuisine. Lila m'accueille chaleureusement, mais je ne vois qu'une chose. Comme le premier jour, un seul couvert est dressé sur la vieille table en bois. Il est parti. Je ne pourrai pas le serrer dans mes bras, lui confier que j'aurais aimé que la suite soit différente, que notre histoire nous permette de nous lancer insouciants, même dans une relation périlleuse. Lila comprend mon silence :

— Oscar a dû partir tôt ce matin pour un voyage d'affaires, dit-elle presque en s'excusant.

Je hoche la tête. Elle sort de la pièce et revient avec un petit paquet emballé de papier de soie rouge.

— Ceci est arrivé ce matin. Le paquet est à votre intention.

Il n'y a presque personne qui connaît l'adresse de mes vacances. Qu'est-ce que cela peut être ? Un cadeau d'Oscar ? Non, le paquet ne serait pas « arrivé ». Je déchire le papier avec impatience. Les cadeaux étaient rares à l'orphelinat et constituaient toujours une fête d'au moins deux mois : un mois à s'en réjouir et un mois à le choyer chaque minute.

Je découvre ce qui ressemble à un vieux carnet dont la couverture en cuir semble avoir vécu. Lila me fixe, attendant sans doute une réaction de ma part. Instinctivement, je décide de ne pas l'ouvrir devant elle.

— Merci pour les crêpes, elles ont l'air délicieuses.

Je pose le carnet à côté de mon assiette et fais semblant de faire honneur à son plat, mais j'ai perdu l'appétit. Chaque petit mystère de ma vie réveille l'énigme qui entoure le départ de mes parents. J'y vois un indice, une piste ou même un message d'eux. En dégustant quelques bouts de crêpes parfumées, une nouvelle version de l'histoire de leur disparition vient s'ajouter à toutes les autres. J'imagine que ce carnet vient d'eux, tout comme le message de l'avion et que sur ces pages, ils m'expliquent pourquoi ils ont été contraints de partir. Ils me répètent combien je leur ai manquée. Ils rêvent de me voir. Ils me demandent de les pardonner.

Je reste un moment avec cette version. De toutes celles envisagées, elle est de loin la plus douce. Ils seraient encore vivants et dévastés par la souffrance qu'ils m'ont imposée. Je la savoure encore un moment en imaginant nos retrouvailles. Est-ce que je les reconnaîtrais ? Et eux ? Ont-ils suivi de loin mon évolution ? Sont-ils fiers de celle que je suis devenue ? Dans un instant, la réalité reprendra ses droits. Je pose une main sur le carnet épais comme si cette sensation pouvait m'en apprendre davantage. Après le petit déjeuner, je me réfugie dans le hamac face à mon paysage préféré. Les battements de mon cœur s'accélèrent. J'ai peur de ce que je vais découvrir. J'ouvre le carnet à la première page. Le nom et l'adresse de son propriétaire y sont indiqués.

Ce carnet est celui de ma mère. Je parviens à peine à respirer tant je suis terrifiée. J'ai peur que les lettres que je m'apprête à découvrir ravivent la douleur et l'énorme vide laissé par ma mère. Je lis quelques lignes de ce qui ressemble à un journal intime. J'ai un vague souvenir de cette écriture régulière et ne peux m'empêcher de l'imaginer assise à son bureau le dos légèrement courbé. C'est étrange d'avoir accès à ses pensées secrètes comme si la vie me proposait de la découvrir en profondeur avant même d'avoir abordé la surface. J'ai dans mes mains le récit d'une vie en suspens, une longue lettre qui attend son destinataire pendant presque vingt ans et autant de mots susceptibles de répondre aux interrogations accumulées. Je fais glisser les pages entre mon pouce et mon index pour évaluer l'ampleur de ma lecture. Chaque ligne vaut de l'or puisqu'elle me rapproche de ma mère. Les pages défilent à toute vitesse mais leur course s'arrête soudain au milieu du carnet, suspendue par une épaisseur. Un billet y a été dissimulé.

Une lettre à mon intention.

17.

Printemps 2000

Rose adorait se perdre sur les sentiers du domaine attelé à l'orphelinat. Elle y partait en expédition, seule ou avec Lucie et Oscar. Le propriétaire, un homme veuf et discret, tolérait la présence de ses voisins pensionnaires. Son domaine était riche. L'été, on pouvait y goûter les fruits du potager, fraises et framboises à l'abri d'arbres centenaires et l'hiver, pommes, poires et noix. Les animaux y avaient aussi trouvé un foyer : lapins, poules, écureuils, chiens, chats et même quelques biches. Officiellement, les enfants n'avaient pas le droit d'y aller mais les éducateurs fermaient les yeux sur ces excursions illicites, certains par paresse, d'autres par amour.

Ce jour-là, Rose, Lucie et Oscar avaient rapidement progressé et dévalaient désormais la grande pente menant à ce qu'ils imaginaient être la limite de la propriété. À plusieurs reprises, ils avaient cru apercevoir une barrière en bois émerger par endroits des zones boisées. Le but ultime jamais atteint auparavant. Lucie était sans doute celle qui riait le plus, sous les à-coups des contre-rythmes de la petite bande. Rose freinait l'ensemble, Oscar l'accélérait et Lucie était le pantin subissant les décalages. Ce genre de course folle menait le plus souvent à un atterrissage en catastrophe. Seules quelques foulées les séparaient encore du bas de la pente et la vitesse accumulée leur donnait l'impression de voler. Ils arrivèrent enfin sur le plat et Lucie se força à trébucher pour ne pas faillir à la tradition de la chute finale. Écroulés dans les herbes hautes, les corps s'empilèrent sur celui de la coupable. Il leur fallut un moment pour reprendre leur souffle. C'est Oscar qui se leva en premier, tendant galamment la main à ses deux comparses pour les aider à se relever. Ils s'avancèrent vers l'orée du bois qui dissimulait la frontière entre leur terrain de jeu et le reste du monde et furent arrêtés par un portail en fer forgé, annonçant le changement d'hôtes. Un dessin en son centre lui donnait une allure mystérieuse, comme s'il s'agissait du domaine d'une vieille sorcière. À sa vue, Lucie eut un léger mouvement de recul.

Rose s'approcha pour toucher les lettres sculptées, deux C entrelacés qu'elle avait immédiatement reconnus. La grille représentait la fin de ses explorations d'enfant. Deux C pour Charles Campion, les initiales de son père et de son grand-père et de tous les hommes Campion avant eux.

— Allons-y, c'est ouvert ! lança Rose.

— Arrête, Rose ! On ne sait pas chez qui on entre ! chuchota Oscar comme si d'autres pouvaient l'entendre.

— Venez avec moi. Je sais où nous sommes. Je connais cet endroit.

Rose ouvrit le portail et prit plaisir à écouter son grincement familier. Non pas qu'elle l'ait souvent franchi à l'époque, mais il produisait de temps à autre ce son, actionné par le vent et plus rarement par ses parents. Face aux enfants, un petit bois puis une prairie qui s'étendait presque indéfiniment et en son sommet, la maison qu'elle n'avait pas revue depuis cinq ans. Rose se sentit soudain envahie par une envie puissante de gravir la colline et s'élança en criant « c'est chez moi » à ceux qui tentaient de tenir le rythme derrière elle.

Au bout de sa course, elle poussa la porte de sa maison et découvrit cette odeur familière, le sol et les murs colorés. Les lieux ressemblaient exactement à ceux qu'elle avait quittés. Rose était absorbée par le décor de son enfance quand elle l'aperçut, debout au fond du couloir. Elle l'avait cent fois imaginée depuis cette dernière nuit. En entendant le bruit, la gouvernante se retourna et son corps en contre-jour forma une scène étrange, comme si Louise l'avait attendue là depuis le fameux matin de leurs adieux, immobile face aux années qui s'écoulent. Deux bras s'ouvrirent et Rose ne vit plus que cela. Elle se blottit contre la poitrine généreuse, la joue sur le tissu usé du tablier. « Ma petite Rose, ma petite Rose. » Une voix comme un foyer.

De longues secondes s'écoulèrent avant que Louise ne réalise que Rose était accompagnée. Lucie et Oscar restaient en silence dans l'entrée et la gouvernante se libéra de l'étreinte pour accueillir les deux amis. Louise et Rose parlaient en même temps, voulant tout dire et tout savoir à la fois. Brusquement, comme si elle venait de se rappeler qu'elle avait laissé du riz sur le feu, Louise se leva.

— J'ai quelque chose pour toi, dit-elle à Rose.

Elle alla fouiller dans un tiroir de la cuisine et revint avec une feuille.

— C'est sans doute bête, mais c'est le dernier courrier reçu par tes parents avant leur disparition et j'ai pensé que tu voudrais peut-être l'avoir. Il te concerne d'ailleurs.

Parmi ses souvenirs entourant le départ de ses parents, un moment en particulier était gravé dans sa mémoire. Elle l'avait revisité cent fois. Son père qu'elle croyait imperturbable était assis à la table familiale, tremblant d'émotion devant un simple papier. En quittant la pièce, il avait laissé derrière lui le document que Rose s'était empressée de déchiffrer. Elle avait tenté désespérément de lire les quelques lignes sur la feuille, des chiffres et des lettres. Elle connaissait certaines individuellement mais leur union les rendait mystérieuses. Quand plus tard, elle avait su lire, elle avait essayé à nouveau de comprendre les mots alignés mais l'image restait floue. Elle l'avait regardée sans pouvoir y donner un sens et son cerveau l'avait imprimée comme telle, illisible. Seules les couleurs en haut du texte avaient été enregistrées parfaitement et conservées jusqu'à ce jour. Elles apparaissaient maintenant devant elle. C'étaient des analyses de sang qui avaient ému son père. Le taux de ferritine de Rose plus précisément.

18.

Le 3 juillet 2012

J'ouvre la lettre, signet improvisé du carnet intime de ma mère. Mes mains tremblent et il me faut un instant pour calmer mon trouble. Mes yeux s'y mettent aussi. Brouillés par l'émotion, ils m'offrent une image floue. Je respire profondément et décide de commencer par la lettre. Elle ne contient ni date ni lieu. Seules quelques lignes y figurent. Je suis bien déterminée à les lire, mais l'émotion et les tremblements les mélangent. J'ai attendu toute ma vie une explication. Le mystère de la disparition de mes parents a drainé mon énergie, à force de ressasser les mêmes interrogations. Je suis fatiguée et je veux savoir ! Voilà que je suis peut-être sur le point d'éclaircir cette énigme et je reste bêtement incapable de lire quelques mots. J'ai compris leur importance à la seconde où j'ai ouvert la lettre. J'ai reconnu le papier soyeux et l'écriture souple. Ils sont identiques à ceux qui m'annonçaient : « *Je vous ai cherchée longtemps. Ils ne sont pas partis.* » Ma respiration se fait plus régulière. Je cligne des yeux pour recouvrer une vision nette et les premiers mots se dessinent désormais clairement. Je vais enfin savoir.

Ma chère Rose,

J'avais une tâche difficile. Choisir le bon moment pour te transmettre ce carnet. J'imagine que suite à la disparition de tes parents, ta vie a été construite sur les doutes et les questions. Sur un fond de tristesse certainement aussi. Je me permets de te tutoyer car j'ai l'impression de te connaître depuis toujours.

J'ai choisi aujourd'hui. J'espère qu'il n'est ni trop tôt ni trop tard sinon, d'avance, je te fais mes excuses d'avoir mal estimé. Ce n'est pas par manque d'affection, sache-le. J'ai beaucoup hésité à le lire avant de te l'envoyer. Une partie de moi voulait s'assurer que le contenu était inoffensif afin de ne pas abîmer davantage un lien qui avait déjà été tant malmené. Je crois que j'étais aussi curieux d'en savoir plus... J'avoue avoir ouvert le carnet et lu la première page pour le refermer aussitôt. J'ignore ce que tu apprendras en le lisant.

J'espère qu'il viendra prolonger le temps de la lecture une relation prématurément avortée. Je rêve qu'il puisse t'emporter là, près d'elle, et te donner le sentiment, au moins un court instant, d'avoir une maman.

Une personne qui te veut du bien

Je retourne le papier, le verso est vierge. Mon souffle est à nouveau plus rapide. Je suis partagée entre un désir puissant de rencontrer cet inconnu et une peur d'être manipulée. Pire, agressée par un tordu. Une personne qui me veut du bien ? J'adore ! Mais qui donc se présenterait comme cela ? Qui prendrait tout ce temps pour m'amener précautionneusement vers une révélation que j'attends depuis seize ans ? Est-ce que le porteur de l'enveloppe et l'auteur de ces messages sont la même personne ? Secrètement, je l'espère car son visage m'inspirait confiance. Quand je tente de m'en souvenir, une sensation bizarre mais chaleureuse m'envahit. Une impression de déjà vu. Ses traits respirent l'honnêteté. Et je ne dis pas cela parce qu'il est beau. Non, bien entendu, je suis beaucoup plus objective que cela...

Je ne suis pas la bonne personne pour ce genre de divertissement. Mon impatience légendaire me rend mauvaise joueuse. Il a toutes les cartes en main et je ne peux me résoudre qu'à une seule attitude : attendre la suite de l'histoire...

J'ouvre le journal et tombe par hasard sur cette première ligne « *cher journal adoré* ». Je lis la page d'une traite, bouleversée de la découvrir.

New York, le 6 juillet 1988

Cher journal adoré,

New York est tellement excitant ! *Oui, je sais, je m'emporte facilement. L'excès d'enthousiasme est un de mes gros défauts. Mais, il y a pire non ? Et puis ce sont mes derniers mois de folie avant une vie de femme rangée. Charles Campion m'a demandée en mariage l'année passée et la tradition veut que les fiançailles ne s'éternisent pas. Charles est un homme sérieux, raisonnable, pas le style à s'amouracher de la première venue. Non, plutôt le genre à prendre un engagement et à mourir avec...*

En bref, il est l'exact opposé de mon père. Ce lâche a choisi de partir alors que j'étais encore dans le ventre de ma mère, pour une blonde aux gros seins, paraît-il ! Tellement cliché... Je me suis souvent demandée pourquoi il ne m'avait pas fait la politesse de m'attendre, au moins pour me dire au revoir de vive voix. Son départ a bouleversé ma mère à tel point qu'elle n'a plus jamais osé approcher un autre homme. Je l'ai surprise tant de fois au bord des larmes, seule face à sa fille. Elle a tout fait pour m'offrir une enfance heureuse mais les questions laissées derrière lui ont continué de l'user... C'est vrai qu'on est bien fragile avec un gros ventre. Devenir maman seule, dès le départ, batailler des mois pour que je fasse mes nuits, se sentir à bout de forces, lessivée et se dire qu'il faut continuer.

J'ai souffert de la voir ainsi, parce que vois-tu cher journal, ma mère est quelqu'un de bien. La preuve, je suis tout ce qu'elle a de plus précieux et elle m'envoie à l'autre bout de la planète découvrir la vie. Elle a toujours été généreuse, faisant passer mon bonheur avant toute chose. Elle ne s'est pas étendue sur le départ de mon père, comme elle aurait pu le faire. Ce sont les voisins qui m'ont dit que la coupable était une blonde aux gros seins. Je ne sais même pas si c'est vrai. Elle ne l'a même jamais critiqué. Je crois qu'elle espérait secrètement qu'un jour, il revienne. Au moins pour moi. Pour me connaître. Il fallait lui laisser la porte ouverte en préservant une image énigmatique, à défaut de pouvoir être positive. J'ai terriblement aimé ma mère pour cela. Dès que j'ai été en âge de comprendre la subtilité de son choix, j'ai été touchée par la force qui s'en dégageait. Je suis fière d'être sa fille. Et cela m'a donné l'espoir que je pourrais devenir à mon tour quelqu'un de bien qui ferait de beaux choix. J'avais cinquante pour cent de mes gènes qui orienteraient mes pas en ce sens et j'étais persuadée que l'éducation, son influence et son exemple suffiraient à convaincre les cinquante pour cent restants. Je crois que c'est cela qui m'a sauvée car la perte de mon père ne m'a pas laissée indemne. J'ai dû lutter pour me construire. Son absence a longtemps été tatouée dans ma peau et transpire dans certaines de mes décisions. Ma mère est d'ailleurs convaincue que Charles en est une. Un choix guidé par le départ de mon père. Elle appelle Charles Monsieur plan plan. Cela la fait rire. Puis elle finit toujours par me dire que de toute façon, un choix n'est pas définitif, il est ce que l'on en fait.

Good night cher journal

Je ne reconnais pas ma mère, ce ton, ce langage léger et franc. Cet enthousiasme peu contrôlé. Je n'ai vécu qu'avec la version introvertie et silencieuse, tant éloignée de celle que je découvre aujourd'hui. J'ai du mal à croire qu'il s'agit de la même personne. Je réalise que j'ignore tout de l'histoire de ma mère. Tous mes souvenirs tournent autour de moi et nos conversations avaient pour seuls sujets : ma vie, mon école, mes amis, mon bonheur.

Au-delà de ce mystère, j'en pressens un plus grand. Quelque chose m'échappe. Ce texte transforme la mère que j'ai connue, il la rend étrange, irréelle. Elle est si différente de la jeune femme enjouée qui clame son amour pour sa mère. J'aimerais mettre le doigt sur ce qui me tracasse et dessiner le pont qui relierait ces deux femmes, séparées de seulement quelques années.

Je tourne la page, impatiente.

19.

Le 12 août 2005

Depuis la balancelle, Rose contempla un instant le spectacle des cimes au vent. Les feuilles brûlées par le soleil, synonyme de l'été qui avance, parsemaient les extrémités d'arbres centenaires et flottaient dans le ciel telles des taches argentées. Le soleil était désormais haut et les journées chaudes ne surprenaient plus.

Louise s'agitait dans la cuisine. Il en provenait quelques bruits de casseroles, le son d'un mixeur qui s'anime et surtout un arôme de vanille, parfumant les alentours, telle l'invitation des pâtissiers aux badauds. Le genre d'effluve qui met à mal toutes les bonnes résolutions. Les invités étaient installés autour de la table qui avait été déménagée sur la terrasse pour l'occasion. Poussant la porte du pied, Louise les rejoignit en brandissant un gâteau recouvert d'un glaçage blanc sur lequel avait été dessiné un nombre seize en pâte mauve pailletée. « Joyeux anniversaire ! » entonna Louise, rapidement suivie par les autres. Louise attendit que chacun soit absorbé par le gâteau ou une conversation pour attirer Rose dans la cuisine.

— Rose...

Elle hésitait, l'air de devoir tenir une promesse à laquelle elle ne croyait pas vraiment.

— Quelques jours avant sa disparition, j'étais au marché avec ta mère. Elle s'était arrêtée devant l'échoppe d'un brocanteur et lancée dans une longue explication. J'avoue que j'écoutais à moitié. Elle parlait très vite. Si j'avais su le tournant que la vie prendrait, j'aurais fait plus attention évidemment...

Louise poursuivit, moins incertaine.

— Je ne pourrais pas te répéter exactement ce qu'elle m'a dit, mais seulement ce dont mon vieux cerveau a bien voulu se rappeler.

Rose l'encouragea d'un sourire.

— Elle parlait de l'importance d'être une amie pour soi. Comme je lui demandais aussi poliment que possible où elle voulait en venir, elle pointa le doigt vers la pile de carnets, coincée entre deux vieilleries à prix d'or. Et là, je me souviens précisément ce qu'elle a dit : « Il faut un carnet intime pour Rose. Un rendez-vous avec elle-même. » J'ignore pourquoi, mais cette phrase m'a marquée.

Louise lui tendit le vieux carnet enveloppé d'une couverture en cuir brun foncé. Sur la première page, quelques mots étaient écrits à la main.

Ma petite Rose,

La vie a son lot de secrets et d'épreuves. Sur ce chemin, être une alliée pour soi est précieux. Prends un temps ici pour apprendre à te connaître et à t'aimer.

C'est si facile pour moi, il m'a suffi de te regarder.

Ta maman

Émue, Rose essuya quelques larmes et, approcha spontanément le carnet de son visage pour respirer son odeur. Non, le parfum de lavande de sa mère ne s'y était pas attaché. Dans une entente silencieuse, Rose eut le sentiment de comprendre le sens profond de ces mots, malgré le mystère porté par certains. Ce message semblait à la fois chargé de regrets et d'espoir, à l'image de ces vieux carnets délaissés qui espèrent une nouvelle vie. Elle fit rouler les pages sous son pouce pour mesurer l'importance de son futur récit. Pas de doute, elle aurait l'espace pour se raconter.

Le soir-même, elle s'assit sur son lit, quelques coussins dans son dos et les jambes repliées pour lui servir de support.

Le Palais, le 12 août 2005

Cher journal,

J'ai peur d'écrire, peur que tout ce que je pourrais raconter ici soit triste, comme si prendre de la hauteur ne me permettait que de distinguer clairement la grande ombre qui plane sur ma vie. Il y a pourtant beaucoup de moments joyeux mais ils restent insuffisants pour que mon existence prenne cette couleur-là.

L'autre jour, Zoé, une fille de l'école, me demandait comment c'est de vivre sans parents. Je n'ai pas su quoi répondre sur l'instant, mais depuis, cette question tourne en boucle dans ma tête, comme un disque rayé, c'est agaçant. Peut-être devrais-je commencer par là pour m'en débarrasser : alors, ça fait quoi de grandir sans eux ?

Pas du bien, c'est certain. Au début, j'ai eu l'impression de vieillir en une journée et ce n'est pas les autres qui allaient me décourager, à répéter que j'affrontais bien les choses, que j'avais l'air si mûre pour mon âge.

C'est vrai que j'ai eu le sentiment de grandir vite et ce n'est que bien plus tard que j'ai compris une subtilité. Seule une partie de moi avait mûri prématurément, le reste avait été laissé à l'abandon. Aujourd'hui, je me sens assez douée pour m'exprimer et me débrouiller, mais je ne sais absolument pas comment me défaire de ma peur. Sur ce point-là, j'ai toujours six ans.

Quelques mois après la disparition de mes parents, c'est en regardant le puits condamné dans le jardin de l'orphelinat que j'ai eu une révélation. J'ai réalisé que plus jamais ma mère ne serait là pour me protéger. Et c'est là que d'un seul coup, la peur est apparue pour ne plus jamais me quitter. J'avais l'impression qu'elle était comme ce puits, sans fond, terrifiante et dangereuse. Par moments, je crois qu'elle n'est plus là mais en réalité, c'est seulement parce que j'en suis distraite. Si je me concentre à nouveau sur mon ventre, je la sens, douleur légère qui le parcourt. Bien sûr, j'ai vécu la solitude mais ne pas me sentir en sécurité est bien pire. Cela implique de ne jamais être tranquille. Je voudrais tant connaître ce cocon de douceur dans lequel les autres enfants se blottissent le soir avant de s'endormir. J'envie leur insouciance. Moi, je ne peux compter que sur moi et c'est fatigant.

Aujourd'hui, j'ai franchi toutes ces étapes importantes pour devenir adulte et bizarrement, par leur absence, ils ont habité ma vie plus que n'importe qui. S'ils avaient été là... Qu'auraient-ils pensé ? Que m'auraient-ils conseillé ? Auraient-ils été fiers ?

Auraient-ils continué de m'aimer ? Souvent, ces questions prennent le pas sur ce que je vis et je m'envole dans mes pensées, laissant mon corps traverser une nouvelle étape. Perdre une dent, embrasser un garçon pour la première fois, réussir à l'école, souffler les bougies sur un gâteau d'anniversaire. Leur absence plus forte que n'importe quelle présence. Pour toujours ?

Alors voilà, Zoé, ce que cela fait de vivre sans parents. Je suis en alerte, comme un animal apeuré. J'ai besoin de repos. Mais qui pourrait me l'assurer ?

20.

Le 5 juillet 2012

Difficile d'ignorer l'enthousiasme qui m'envahit lorsque je me réveille ce matin-là. Immédiatement, je me rappelle et je souris comme une gamine. Cela fait longtemps que je n'ai pas eu une telle envie de vivre une journée. Celle d'hier a été ponctuée par la lecture du carnet de ma mère, je voulais tout parcourir d'une traite, me plonger dans ce volet de sa vie et la découvrir sous un jour nouveau. Puis je me suis ravisée. C'était peut-être ma dernière chance de passer du temps avec elle, d'entendre sa voix me raconter des histoires que je ne connais pas encore, l'imaginer et presque la voir, ici, assise près de moi. Je voulais prendre le temps cette fois-ci de lui dire au revoir quand les pages se feraient rares du coté droit du carnet. Il fallait que je prolonge ce moment. Après avoir terminé les deux premières pages, j'ai donc réfléchi à la meilleure façon de procéder en commençant par estimer le nombre de pages. Je devais répondre à une question importante : combien de jours, semaines ou mois aimerais-je cheminer avec elle à mes côtés ? Même si ces lignes ne m'étaient pas adressées directement, en parlant d'elle, ma mère me confierait peut-être les conseils que toute mère donne à sa fille ? Chaque matin, je pourrais me réveiller avec la joie de la retrouver pour explorer à bon rythme les quelques années de vie relatées dans ce carnet.

Je souhaitais faire cela soigneusement, alors je décidai de compter les pages du carnet. Une estimation à vue de nez aurait été trop aléatoire et risquait d'entraîner quelques déceptions. Deux cent cinquante pages. Pour une introvertie, c'était plutôt impressionnant... Le plus simple me parut de m'octroyer une page par jour et avec un peu de chance, dans deux cent quarante-huit jours, j'aurais l'impression de découvrir à nouveau les premières pages et ainsi de suite, pendant quelques années jusqu'au jour où je les connaîtrais par cœur. Une page par jour. C'était décidé.

Imaginez donc ma joie en me levant. Nous sommes un autre jour, j'ai donc droit à une autre page ! Très opportunément, ma mère a contenu nombre de ses confidences du jour en une page, ce qui rendrait l'attente au lendemain plus facile, l'histoire clôturée. Cela me donnerait aussi le sentiment de vivre à son rythme. Et puis, si le manque était trop grand, je pourrais toujours relire les pages précédentes.

Je me glisse hors du lit et m'habille avec une rapidité que je ne me connais pas. Je décide de me réserver la lecture pour après le petit déjeuner, patienter jusque-là tient déjà du miracle. J'engouffre fiévreusement les trois pancakes préparées par Lila et elle me demande si tout va bien. Je hoche la tête tout en avalant un contenu à peine prémâché que je tente de faire descendre en me gavant de jus d'orange. Je me suis promis d'attendre après le petit déjeuner mais je n'ai pris aucun engagement quant au déroulement de celui-ci. Je perçois dans le regard de Lila que je suis toute proche d'être un petit porc tout mignon que l'on a affamé depuis trois semaines. Je n'ai pas terminé de manger que je suis déjà sur mes pieds pour débarrasser. Elle me regarde interloquée. Je brandis alors le carnet et lui dis, la bouche encore à moitié pleine :

— Ch'est le carnet de ma mère !

Ça y est, elle me prend pour une folle.

— Chi chi, j'insiste sans prendre le temps de terminer ma dernière bouchée.

Elle me regarde et ses lèvres commencent à trembler. Il ne faut que quelques secondes pour qu'elle parte dans un fou rire. Surprise, je regarde son corps trembler au rythme des secousses. J'essaie de m'expliquer et mes tentatives n'ont qu'un seul effet, provoquer d'autres rires. Elle s'essuie les yeux avec ses mains encore pleines de pâte à crêpe et repart de plus belle. Je me sens partir moi aussi dans ce fou rire. Les larmes coulent, nos diaphragmes tremblent en cœur et chaque fois que nos regards se croisent, nos rires reprennent encore plus fort. Lila a maintenant de la pâte sur la moitié supérieure du visage et cela n'aide pas beaucoup. Il nous faut plusieurs minutes pour nous calmer. *Allez, va lire l'histoire du jour*, dit-elle avec affection. Elle ne doit pas me le demander deux fois, je m'installe sur la chaise longue et j'ouvre le carnet à la troisième page. J'ai lu les deux premières hier avant de devenir sage. Promis pour toujours, une page par jour. Je respire profondément, en vue de l'apnée que génèrent les révélations de ma mère.

New York, le 20 juillet 1988

Cher journal,

J'ai dansé toute la nuit ! Je n'aurais pas cru cela possible. Pouvoir tellement s'amuser dans une vie. Les Américains sont accueillants, tout est simple ici. En quelques jours, j'ai fait la connaissance de dizaines de personnes. J'avoue que la tâche a été grandement facilitée par l'apparition dans ma vie américaine de Kate. Kate, c'est tout un programme ! Elle a à peu près cent initiatives et idées à la minute, elle est drôle et a un nombre impressionnant d'amis. Je crois qu'elle m'a un peu prise pour son projet du mois : intégrer l'Européenne. J'apprécie ses compétences en la matière car les progrès sont rapides. Pour être honnête, j'adore passer du temps avec elle pour une autre raison. Kate ressemble à la personne que j'aurais pu devenir si j'avais grandi moins sur mes gardes. Mais chacun son histoire. Moi, je porte la méfiance et un besoin puissant de sécurité en lourds bagages hérités de mon père. Elle, elle porte une soif infinie de vivre, vivre pour deux, vivre pour une sœur partie trop tôt.

Avec Kate, je me sens vivre ! Comme si tout était possible, comme si ma vie n'était pas déjà gravée dans la pierre. J'avoue qu'être fiancée à vingt et un ans me donne parfois le tournis. Dans un sens négatif. Décider de toute une vie quand on vient de quitter le berceau, c'est un peu comme jouer à la loterie, les aléas sont grands. Mais quand Charles m'a demandée en mariage, je n'ai pas pensé que répondre non était une option. Il est le choix parfait. Gentil, calme, compréhensif, raisonnable, stable et intelligent. C'est vrai qu'il manque un peu d'originalité. Mais je crois qu'il a été étouffé par l'empire familial, par tout cet argent et l'absolue inutilité de devenir un jour quelqu'un puisqu'il avait déjà tout reçu à la naissance. Dès le départ, son destin a été réduit à ne jamais devoir apprendre à se débrouiller, à choisir des études dans l'unique but de se cultiver et à être respectable avant même d'avoir fait ses preuves. Simplement en étant bien né, au bon endroit et dans la bonne famille.

Alors, quand il s'est agenouillé devant moi pour me présenter d'une main tremblante un écrin en velours noir mettant en valeur une magnifique bague sertie de diamants, j'ai eu de la difficulté à réfléchir. Mon cerveau ne fonctionnait plus. Je voulais aligner les informations pour donner ma réponse mais tout se brouillait. Ce n'était pas la bague qui me troublait. Non, c'était sa main tremblante, voir cet homme chanceler devant moi et l'entendre demander d'une voix mal assurée : Gabrielle, veux-tu être ma femme ?

Être témoin de sa fragilité. La vie l'avait propulsé au rang d'homme trop vite, trop immanquablement, niant son rythme et sa sensibilité. Comment aurais-je pu lui adresser un refus dans ces conditions ? J'avais peur que cela l'anéantisse sur le coup. Et une petite voix me répétait que ce choix me garantissait une vie solide, une famille indestructible, le cadeau que je m'étais promis d'offrir à mes enfants. La présence d'un père. Pour toujours.

Alors, j'ai dit oui. Une partie de mon être a dit oui. Et le reste s'est tu.

21.

Le Palais, automne 2006

Cher vieux journal qui a mis dix ans à arriver dans mes mains,

Avec les autres survivants, on écoute « Where is my mind » des Pixies dans notre quartier général. Cette musique déchire ! On danse n'importe comment, on saute sur les vieux canapés, on se roule par terre simulant des délires de rock star. Cette chanson en boucle me fait planer. Parfois, je m'assieds pour regarder les autres. Max et Adam dansent face à face, on dirait deux grands spaghettis tant leurs corps sont souples. Lucie tourne sur elle-même et glousse toutes les deux secondes, elle ne pourra jamais être une vraie rock star si elle continue... Oscar reste cool, son pied suit le rythme et sa main dessine des arcs de cercle comme s'il jouait à la guitare. Il alterne avec des baguettes imaginaires qu'il manie particulièrement bien. Chaque claquement de baguette fait rebondir une mèche rebelle qu'il rejette d'une main distraite. Exactement comme un pro le ferait, imperturbable. Je ferme les yeux et je sens la musique vibrer dans mon corps.

Ma mère a peu à peu réintégré mon quotidien de façon surprenante. Chaque fois que j'ouvre ce carnet, j'ai le sentiment étrange qu'elle apparaît à mes côtés. J'ai même envie d'écrire « chère maman » plutôt que « cher journal ». Je l'imagine assise sur le bord de mon lit, élégante, elle a croisé ses jambes et penche sa tête, me donnant l'impression que je suis le centre du monde. Je la vois opiner pour marquer son accord, rire de mes blagues ou, au contraire, s'offusquer des injustices de mon quotidien.

Je reste troublée par la révélation de Louise, elle s'ajoute à la disparition étrange de la montre de mon père. Des années que je retourne ces informations sans y trouver un sens. De temps en temps, quand je croise quelqu'un qui a l'air intelligent, je lui pose la question : « En quoi le taux de ferritine d'une petite fille peut-il émouvoir ses parents ? Pire, les faire fuir ? » J'ai glissé ces analyses de sang dans mon journal pour les garder près de moi. La plupart du temps, je me rassure en me disant qu'elles n'ont aucun rapport avec l'émotion de mon père ce matin-là et encore moins avec leur disparition. J'ai dû mélanger les informations. La confusion est possible, vouloir tellement croire en une piste qu'un papier vient en remplacer un autre dans la mémoire d'une fillette.

Lucie a examiné le document et me garantit que le taux de ferritine, c'est vraiment important. S'il est trop bas, cela peut générer certains soucis de santé. Pour un homme attaché à son long fleuve tranquille, cela pouvait-il être… bouleversant ? Mon père est loin d'être un aventurier mais quand même, je trouve cette explication un peu légère. J'en ai parlé à Oscar et il m'a dit dans un grand éclat de rire : « Il a découvert que t'étais pas sa fille ! » J'ai trouvé ça dur sur le coup. D'accord, on est orphelins donc l'enjeu peut paraître limité mais il ne faut pas abuser ! Pourtant, j'avoue que sa remarque a insinué un doute et m'a fait réfléchir. Il est vrai que quand je pense à mon père, cet homme renfermé, absent, routinier, nous n'avons pas grand-chose en commun. Mais impossible de m'engager plus loin dans cette voie, mes parents sont trop classiques (oserai-je dire coincés ?) pour leur attribuer ce genre d'écarts ! Ils étaient fiancés deux ans avant ma naissance, largement de quoi me concevoir. Ensemble. J'aurais difficilement imaginé une femme introvertie comme ma mère séduire ou se laisser charmer par un autre homme que celui auprès duquel elle s'était engagée. Et surtout passer à l'acte ! C'est juste inconcevable. Puis, tout le monde répétait combien la ressemblance avec mes parents était flagrante. J'avais les yeux en amande de ma mère, ses pommettes hautes, son corps élancé et en cadeau de mon père : un nez fin, des mains de pianiste et des cheveux clairs.

Avec le temps, je commence à manquer d'arguments dans un sens ou dans l'autre. Les souvenirs s'effacent et je réalise que ce bout de vie avec eux ne m'appartiendra pas pour toujours. La fin est inévitable, je vais les perdre une deuxième fois. Alors je tente désespérément d'exercer ma mémoire en donnant à chaque souvenir un titre et je leur construis un petit film que je rejoue régulièrement. Telle une cinéaste, je les ai créés à mon goût avec juste ce qu'il faut de créativité, une sorte de réalité augmentée. Je trouve que j'y ai bien droit ! Je les visionne souvent avec de la musique sur les oreilles pour intensifier le moment. Le temps de ce court-métrage, je m'échappe et j'en reviens rassurée.

Ce soir, avant de m'endormir, je vais me plonger dans mon préféré. Je me revois dans les bras de ma mère sur la balancelle. Un parfum de lavande. Ses mots rares. Sa présence paisible. Moi blottie contre son corps chaud. Nous avons le temps. Devant nous, la prairie qui s'étend et la vue aérienne de champs ponctués de bois, d'un village, d'un clocher. Le soleil qui descend et colore ce paysage digne d'un conte. Croire qu'elle sera toujours là pour moi et avoir confiance dans la vie. Regarder la glycine évoluer sur le bois. Profiter en silence. Quoi que je fasse, quoi que je dise, sentir que je suis aimée et goûter à cette liberté.

Rose lâcha son stylo. Il y avait quelque chose d'étrange, une incohérence qui empêchait le déroulement naturel de ce moment. Mais quoi ? Elle tenta de regarder sa mère telle qu'elle était ce soir-là. Son regard un peu perdu dans le vide, ses yeux qui brillent plus qu'à l'habitude, un soupir, un léger frémissement. Du revers de la main, elle caresse le haut de son visage. S'agissait-il vraiment d'une caresse ? Non, ce geste avait un but. Essuyait-elle une larme ? Pour mettre des mots sur ces détails étranges dans l'attitude de sa mère, Rose se concentra encore davantage sur le fil de ses souvenirs et soudain, se figea. C'est cela qui la perturbait : Pourquoi donc sa mère était-elle triste ?

22.

New York, le 2 août 1988

Cher journal,

Chaque jour, je sors très tôt et je marche jusque Central Park pour le découvrir sous la rosée. J'accélère la cadence et, mon casque vissé sur les oreilles, je rembobine la cassette jusqu'au début, pour écouter la seule musique qui peut me donner l'élan de courir à une heure si matinale. Fame. *Les premières notes produisent immédiatement leur effet, l'envie d'allonger les foulées grandit. Après quelques minutes, le second souffle arrive et tout mon corps semble se détendre. Les progressions se font plus souples, plus évidentes. Je me sens pousser des ailes sur le sol new-yorkais. Tout semble à sa place dans ces jardins sillonnés de chemins impeccablement entretenus.*

Puis les images défilent devant mes yeux tel un film dont les raccords auraient été mal faits, un plan laissant la place à un autre sans transition. Je me demande comment le cerveau fonctionne, pour quelle raison il me mène d'une idée à une autre ?

Quelle est la logique qui les relie entre elles ? À un moment ou à un autre de la course, la même image s'impose à chaque fois. Je la crains. Je n'aime pas la regarder mais elle s'affiche irrémédiablement sur l'écran. J'ai beau essayer de me distraire, elle arrive toujours. On y voit un homme. Je crois qu'il s'agit de mon père, tel que mon esprit le conçoit. En réalité, je n'aperçois que son dos. Un dos large, habillé d'une chemise bleu jean délavé. Quelques plis se dessinent sous les omoplates, seuls détails d'un tableau figé. Je pourrais presque le toucher du bout des doigts si je courais plus vite, mais je n'y parviens jamais et je sais que, dans quelques secondes, il s'évaporera pour laisser place à autre chose. Cette présence m'intrigue. Pourquoi revient-elle inlassablement ? Je tente une nouvelle approche, j'essaie de le forcer à se retourner. C'est mon cerveau qui l'a inventé alors je dois pouvoir l'obliger à tourner la tête puis le torse. Je veux découvrir son regard et ses traits que je ne connais qu'à travers les miens. J'y crois comme au premier jour, convaincue que l'image va changer, que quelque chose va se produire. Un infime détail me suffirait à ce stade.

Mais rien ne bouge. Je me heurte à ce dos et à la colère qui monte en moi. Il va partir une nouvelle fois sans m'avoir même regardée. J'accélère, la frustration nourrit mes mouvements, mais j'ai beau courir aussi vite que possible, la rage reste là au creux de mon ventre. Je tourne et m'engage dans une nouvelle allée, puis ralentis le rythme et tente de me distraire en regardant autour de moi. Les immeubles se dressent fièrement à ma droite, leur couleur crème monte avec élégance dans le ciel bleu et, en bas de chacun d'eux, un concierge attend le prochain visiteur. Dans leur bel habit, les bras le long du corps, ils regardent les heures s'écouler avec une patience que je n'aurai jamais. Des plantes s'échappent de certains balcons en une jungle prête à conquérir de nouveaux territoires. Sans doute des campagnards nostalgiques.

Des centaines de fenêtres abritent des milliers d'histoires et chacune est importante.

Je cours encore quelques minutes. Les journées sont chaudes et j'entends bien profiter de la fraîcheur du matin. Les endorphines produisent maintenant l'effet recherché et la colère fait place au contentement. Je suis à nouveau sereine.

Je prends le petit déjeuner dans le café-librairie du coin. J'ai déjà mes habitudes et c'est ici que j'écris. Je mange en regardant les autres vivre autour de moi, je m'interroge sur leurs choix car je suis inconfortable avec les miens. En un mois, Charles ne m'a pas manqué une seconde. Voilà ce qui m'ennuie ce matin, devant mon bagel et le monde qui s'agite. J'ai l'impression de vivre pour la première fois et ce sentiment prend toute la place. Je tourne nerveusement la bague de fiançailles qui alourdit mon annulaire et, sur un coup de tête, je l'enlève. Mon geste n'est pas anodin et j'ai un mouvement de recul en prenant conscience de ce que je m'apprête à faire. Mais rien ne m'arrête. Résolue, je détache la chaîne en or blanc que ma mère m'a prêtée le temps du voyage et j'y enfile ma bague telle une vulgaire perle. Pour l'instant, elle est mieux là, à flotter près de mon cœur comme une option possible.

Un choix à renouveler quand j'aurai grandi. Après New York.

Je referme le carnet de ma mère, après avoir lu une nouvelle fois l'extrait du jour. Le soleil s'éternise. Caché juste derrière la colline, il éclaire d'une lumière tamisée l'autre versant. J'enfonce ma tête dans l'oreiller moelleux, songeant à ma mère et à cet univers mystérieux dissimulé en chacun de nous, cette part que certains aimeraient garder secrète pour toujours. Je m'endors et mon sommeil est à nouveau habité par ce rêve étrange. Je regarde le sol et découvre un gros ventre, révélant une grossesse à terme. Dans quelques heures, je serai maman. Cela paraît irréel et j'ai de la difficulté à assimiler la nouvelle. Je persiste à nier mon état et refuse d'annuler un voyage à l'autre bout du monde. Au contraire, je dois voler loin. Distraitement, j'approche une main de mon ventre et un sentiment intense m'envahit. Je sens le cœur de l'enfant battre très fort, très vite, comme s'il se trouvait contre ma paume, et réalise soudain que je suis habitée. Un lien existe enfin.

Je me réveille en sursaut et repense à l'enveloppe. Il y a un détail qui m'a échappé. Cela concerne son porteur. Son regard m'est familier. Je l'ai déjà vu quelque part. Maintenant, j'en suis sûre. Je me lève d'un bond pour aller prendre l'air. Le soleil se lève sur la vallée et des lueurs roses caressent les plantations. Je m'allonge sur une chaise longue et m'enveloppe d'un châle pour me préserver de l'humidité. Dans le souffle du matin, je perçois un bruit de moteur. Je dois attendre encore quelques secondes avant d'apercevoir un véhicule rouge, comme celui qui s'était immobilisé l'autre jour. Impossible qu'il se soit égaré deux fois. Qui voudrait me rendre visite à l'aurore et sans s'annoncer ? Mon ventre se crispe. Lila est rentrée dormir chez elle, me laissant seule dans cette grande maison. Mon pouls s'accélère, je me redresse et mon premier réflexe est de chercher une cachette, telle une proie désespérée. Le bruit se rapproche et le temps manque, il faut réfléchir vite. Trouver refuge dans une pièce fermant à clé dans la maison ou simplement attendre en priant que les visiteurs soient bien intentionnés ? La voiture évolue maintenant rapidement sur la partie du chemin moins pentue. Je ne parviens pas à me décider et mon cœur se met à cogner dans ma poitrine. Je me dirige vers la cuisine en quête d'une arme. Elle est impeccablement rangée, aucun couteau ne traîne. J'ouvre deux par deux les tiroirs pour m'emparer de quelque chose de tranchant. Je suis en train d'ouvrir ceux sous l'évier quand je me retrouve face à un boîtier en bois fixé au mur. Il contient tout ce dont j'ai besoin. Je saisis trois couteaux, sans aucune stratégie précise. Comme si j'étais réellement capable de m'en servir ! Je choisis de rester dehors, aucune envie de me faire prisonnière avant l'heure. Je guette les nouveaux arrivants depuis la terrasse. La voiture s'approche encore, me laissant juste quelques secondes pour me cacher derrière un arbre. Au loin, une porte claque en un bruit métallique sec. J'entends des pas lents, hésitants, puis plus rien. Je me risque à me pencher légèrement pour observer la scène. Je distingue une silhouette mince aux côtés de la voiture. Elle est à contre-jour, m'empêchant de déterminer s'il s'agit d'un homme ou d'une femme. L'individu semble attendre un signal puis lève son poignet. J'entends le bruit des clés qu'on glisse dans une poche, mon invité surprise semble avoir le projet de rester. Soudain, il fait demi-tour et s'engage dans le chemin qui mène à la demeure. Il marche lentement vers la maison, un sac à la main. Je le regarde s'avancer, la démarche souple et confiante. Ma respiration s'accélère. Je l'ai reconnu.

23.

Ma maison, le 14 août 2007

Chère maman,

Aujourd'hui, après douze ans d'absence, j'ai déposé mes valises dans notre maison. Je me suis mise à genoux et j'ai pleuré. Là, dans l'entrée. Plusieurs heures se sont écoulées. Les sanglots semblaient venir de profondeurs insoupçonnées. Ni pensée ni image, juste des larmes, mes yeux rivés sur le joli dessin du carrelage ancien, le même qui avait accueilli mes jeux d'enfants pendant que tu cuisinais plus loin. La maison de mon enfance jadis si grande a rétréci avec les années. Elle s'est tassée comme une vieille dame, sous la pression de mon regard d'adulte. Elle n'en a pas l'allure pourtant, parfaitement entretenue par Louise et René.

J'ai dix-huit ans et contre toute attente, je suis encore en vie. Voilà ce que je me suis dit en ouvrant la porte de la maison. Et c'est cette phrase anodine qui a tout déclenché, tel un mot de passe pour actionner un barrage. Comme si j'avais retenu mes larmes toutes ces années jusqu'à retrouver la sécurité de ce foyer. J'étais touchée d'avoir survécu. Émue de découvrir que j'avais grandi. Malgré la vie. Sans toi. Je me suis souvenue de cette phrase que Chloé me répétait souvent : « Le début de l'histoire n'est pas heureux. Mais la force de vie est là alors la fin le sera. » J'ai pleuré encore plus fort. Je ne sais même pas pourquoi. J'avais l'impression que ce flot me lavait de l'intérieur, aplatissant les aspérités de mon être, l'érodant pour qu'il devienne encore plus entier, plus solide.

Je comprends mieux pourquoi Louise a insisté pour m'accueillir. Mais même si j'ai baigné dans mes larmes, je voulais vivre seule ces retrouvailles. La vérité est que je voulais les vivre seule avec toi et papa. Avec vos présences imaginées. Lui, assis sur sa chaise à lire son journal, levant distraitement la tête, retirant un instant ses lunettes pour m'observer. Toi, lâchant tout pour courir vers moi, t'agenouiller, me serrer contre toi. Fort. Car bizarrement, si l'histoire que j'ai choisie pour expliquer votre disparition parle d'abandon, une incohérence subsiste. Le temps passe et je réalise en revisitant mes souvenirs avec mes yeux d'adulte, qu'en réalité, tu m'aimais puissamment. Lui aurait pu partir mais toi ? Je n'y crois plus qu'à moitié.

L'esprit a ses mystères car malgré tout, je persiste à penser que je ne vaux rien et que là réside le motif de votre départ. J'ai beau grandir et accomplir des projets, franchir des étapes, j'en reviens toujours au point de départ. C'est moche mais je ne peux m'en empêcher. Sinon comment l'expliquer ? Et ne me dites pas que vous êtes morts. Deux corps évaporés par le vent ? Volatilisés ? Allons, je ne suis plus une petite fille de six ans. Douze ans que je peaufine ma version, celle où vous êtes partis. L'avantage est que vous êtes vivants. L'inconvénient est que je n'ai pas de valeur. À l'arrivée ? La solitude m'attaque de toutes parts. Mais j'ai survécu. Il reste donc une chance, dirait Louise. Une chance que mon histoire prenne un cours différent. Une chance de me laisser aimer. Je n'y crois pas vraiment. Enfin, juste un peu pour lui faire plaisir.

Au bout de quelques heures, après avoir laissé toute ma peine dans l'entrée, j'ai regardé devant moi le grand escalier et je me suis dit que ma vie était un peu comme cela. Que désormais, il s'agirait de se concentrer sur une marche à la fois, avoir un plan précis et parcourir les étapes jusqu'à l'accomplir.

J'accédais à l'indépendance, une vie sans parents enfin justifiée. Et face à moi, je découvrais ce vide, une liberté effrayante. J'ai compris alors qu'il n'y avait qu'une seule solution. Entamer des études sérieuses, canaliser cette rage et empiler les livres sur ma tête pour garder les pieds sur terre. Devenir brillante pour légitimer ma place dans ce monde. Et attendre d'être touchée par la grâce.

Partie II

Le rêve est la meilleure chose qui soit au monde car c'est grâce à lui que nous avançons dans le réel.

Guillaume Apollinaire

1.

Ubud, le 10 juillet 2012

Chaque existence connaît ses moments décisifs. Une portion de vie défile en une seconde, mille images en un instant, autant d'images pour autant de souvenirs partagés. Une vieille femme s'émeut devant son histoire d'amour avant son dernier soupir, une mère revoit sa vie avant de toucher son enfant pour la première fois ou un couple s'embrasse pour sceller une alliance, leur rencontre se rejouant sous leurs yeux. Le temps manque et l'esprit y entasse toutes ces réminiscences à vivre, avant la prochaine grande étape.

Rose se rappela le petit banc, puis sa main, leurs jeux dans l'herbe, son sourire, les billes colorées et surtout ses genoux égratignés. Quand les images se dispersèrent et que son souffle se calma, elle le vit lui. Henri. Elle lâcha ses couteaux et leur chute dans l'herbe produit un bruit, à peine de quoi le distraire de son but, mais suffisant pour effrayer l'oiseau qui s'envola en sifflant sa peur. Il parcourut du regard la scène du cri puis revint à sa tâche, son pas régulier l'approchant de la vieille demeure. Tremblante, Rose sortit de sa cachette. Henri avait baissé les yeux, absorbé par le nuage de poussière qui se soulevait sur son chemin. Lorsqu'il leva à nouveau la tête, il l'aperçut en simple chemise de nuit, entourée d'un châle bleu clair. Il avait tant de fois imaginé leurs retrouvailles. Dans ce léger brouillard matinal, elle avait l'air irréelle. Une fée, la dame du lac faite chair. Il s'arrêta un instant pour l'admirer. Rose fit quelques pas, puis s'immobilisa au milieu de la terrasse, pieds nus sur la pierre qui se réchauffait lentement sous les premiers rayons du soleil. Le vent vint gonfler un instant son châle, dessinant un petit nuage qui se dissipa aussitôt. Sa respiration s'était calmée, elle avait compris. Il lui avait fallu rassembler et structurer les informations en une histoire finalement toute simple. Henri était là devant elle, il était l'homme de l'avion, l'auteur de la phrase et de la lettre. Le conducteur de la voiture rouge le premier jour. *Henri.* Elle prononça son prénom comme un souffle. Le retrouver ici à des milliers de kilomètres et de jours de leurs jeux d'enfants et le reconnaître alors que seize ans se sont écoulés. Son visage plus adulte accueillait le même regard honnête.

Il parcourut les derniers pas qui le séparaient d'elle, dans un silence commun, chacun mesurant l'importance du moment. *Ils ne sont pas partis.* Henri prétendait résoudre l'énigme d'une vie. Il était désormais tout proche, immobile face à elle. Rose eut un frisson et resserra autour d'elle les pans de son châle, affinant la forme bleue pâle qui se détachait sur le fond vert.

Henri décida de parler en premier.

— Je suis désolé d'arriver à l'improviste, sans avoir pris soin de te prévenir. Je ne savais pas comment faire. J'ai rêvé cette nuit qu'il t'arrivait quelque chose...

Il s'interrompit un instant comme s'il cherchait le mot juste.

— C'est ridicule... J'ai eu peur et j'ai sauté dans ma voiture et conduit jusqu'ici. J'aurais voulu agir autrement. Mais dans ce rêve, tu étais attaquée et je me suis dit que tu étais peut-être seule... Ici.

Henri remarqua la petite pile de couteaux plus loin dans l'herbe et sourit.

— Enfin, j'avais oublié qui est la fameuse Rose Campion... Chasseuse aux couteaux, aucune proie ne lui résiste, dit-il en laissant échapper un petit rire.

Rose ouvrit la bouche, cherchant une réponse mais se contenta d'afficher un sourire timide. Encouragé, Henri continua.

— Tu dois me prendre pour un dingue. Un dingue qui poursuit une obsession sur des décennies. Je peux t'expliquer...

Il passa nerveusement la main dans ses cheveux. Rose reprit enfin ses esprits et réalisa qu'elle était encore dans sa chemise de nuit.

— Bienvenu alors ! fit-elle sur un ton légèrement ironique. Si tu me laisses deux minutes, je monte m'habiller et je nous prépare un petit déjeuner ? Attends-moi ici, proposa-t-elle en désignant les canapés de la terrasse.

Henri acquiesça et elle disparut.

Quelques instants plus tard, Rose revint avec un plateau chargé de café fumant, tasses en porcelaine et biscuits à la cannelle. Elle repartit chercher quelques tranches de pain frais, plusieurs confitures et du beurre. Tout était réuni pour un petit déjeuner royal. Elle avait enfilé un short en jean et une blouse écrue, ourlée de fil doré. Ses cheveux étaient maintenant repris dans un chignon négligé, quelques mèches échappées à dessein. Elle dressa rapidement une table accueillante. Henri la regardait disposer les éléments avec soin, retrouvant la grâce de la petite fille dans ses gestes. Se sentant observée, Rose rougit. Elle s'assit enfin en face de lui et planta son regard dans le sien.

— Alors, raconte-moi tout, fit-elle avec une confiance retrouvée.

Il prit son temps pour réagir. Sa tasse lui brûlait les doigts, le contraignant à passer de l'index au majeur pour atténuer son inconfort. Il tourna la tête pour admirer la vallée qui s'illuminait graduellement.

— Quand tu as perdu tes parents, je me suis fait une promesse. Leur perte t'avait éteinte. Enfin, c'était mon impression. Tu étais transformée. Au fil des années, je me suis dit que tu méritais mieux que de traverser ta vie comme cela. Et puis, la Rose que j'avais connue me manquait. Alors je me suis promis de tout mettre en œuvre pour t'aider à redevenir toi. La Rose que tu étais avant leur départ.

Il marqua une courte pause, se rendant compte que son récit était allé trop rapidement à l'essentiel. Il avait toujours été très direct, une honnêteté excessive couplée à une spontanéité débridée. Il croisa les bras dans une tentative vaine de freiner son élan.

— Je sais, c'est prétentieux de ma part et sans doute profondément naïf mais voilà comment tout a commencé. À peu près...

Rose continuait de le fixer, attendant la suite.

— J'ai cru avoir l'éternité devant moi pour respecter mon engagement. Et puis, bien avant cela, un jour, tu es partie. Tu as changé d'école et j'ai compris que je n'aurais pas la chance de te revoir.

Henri étala lentement la confiture sur son pain, l'air de vouloir gagner du temps avant de s'atteler à une confession difficile. L'assiette de Rose restait vide. Elle buvait à petites gorgées son café parfumé.

— J'ai finalement dû abandonner. Cela me rendait profondément triste mais j'ignorais comment faire, la tâche me paraissait immense.

Il était tenté de ralentir le rythme, espérant qu'elle l'interrompe pour profiter d'un peu de répit mais elle patientait, silencieuse, les yeux cillant à peine. Il dut se résoudre à poursuivre.

— Puis, il y eut ce fameux jour... Je devais avoir seize ans. Ma mère avait loué ce film, *La liste de Schindler.* Tu l'as vu ?

Rose opina.

— Tu te rappelles de la fin ?

Il continua sans attendre de réponse.

— À la fin, le héros regarde sa montre et réalise qu'il aurait pu l'utiliser pour sauver d'autres juifs. Et c'est là qu'un homme très âgé tente de le consoler avec cette phrase fabuleuse : « Sauver une vie, c'est sauver l'humanité. »

Henri plongea son regard dans celui de Rose.

— Tu peux trouver cela idiot mais j'ai réalisé ce soir-là que mon humanité, c'était toi. Et que ma promesse, je devais la tenir.

Il but une gorgée de café refroidi et prit un instant pour goûter le pain frais à la confiture d'orange. Rose restait muette, le regard brillant. Henri n'était pas fou. Intelligent, affectueux, mais pas fou.

— Alors, ce jour-là, j'ai commencé à élaborer mon plan. Comment faire pour que tu redeviennes celle que tu étais avant leur disparition ? La Rose heureuse, vivante, spontanée et légère. Celle qui avait confiance et se laissait porter par la vie, insouciante. Je ne supportais pas le spectacle d'une Rose apeurée à l'idée que son univers d'enfant se brise définitivement. J'ai cherché longtemps pour parvenir à la conclusion qu'il n'y avait qu'un seul moyen pour retrouver cette Rose-là.

— Quel moyen ? bredouilla-t-elle.

Il respira profondément avant de lâcher :

— Retrouver tes parents.

2.

New York, le 10 août 1988

Cher journal,

Les choses se précisent. Charles m'a écrit une longue lettre dans laquelle il détaille les préparatifs du mariage. Apparemment, nous aurons un dîner composé d'un tartare de poisson à la japonaise, suivi de gibier accompagné de légumes cuisinés au sirop d'érable et d'une tarte aux framboises en dessert. Il a pris soin de glisser un exemplaire du menu dans l'enveloppe, un carton bleu ciel joliment ponctué d'une écriture dorée annonçant ce périple culinaire raffiné. Il me décrit les décorations et les fleurs choisies pour mon bouquet de mariée. Il a apparemment trouvé l'orchestre parfait pour jouer à la fête. Celui-là même qui a célébré les vingt ans de mariage de ses parents. Autant te dire que j'ai hâte…

Timidement, il me demande mon avis sur certains points, sans trop insister, de peur que je choisisse de m'envoler tel un oiseau. Cette fois-ci, définitivement. Ou bien devrais-je y voir un message ou pire, un reproche dissimulé ? Peut-être. Mais Charles n'est pas une personne directe et je ne suis pas disposée à déchiffrer d'éventuels sous-entendus. Nous verrons bien où pareille association nous mènera. Quelle musique aimerais-je pour la danse des mariés ? Ai-je une préférence pour la couleur de sa cravate et celle des nappes ? Je n'en ai aucune idée. Tout m'est égal au fond. Des détails dans une vie. Des détails éphémères de surcroît.

Je ne peux m'empêcher de voir dans ce courrier une vaine tentative de m'intéresser à un projet commun qu'il doit mener en solitaire. Je suis une lâche et, bizarrement, je ne me sens pas coupable. Pire, j'avoue que j'avais presque oublié l'événement de l'automne, accessoirement l'événement d'une vie. Je ne me connaissais pas aussi insensible et me rassure en me rappelant que j'ai au moins contribué à la fête en prenant une décision, celle du lieu. Un château de famille au milieu des vignes.

Nous étions censés visiter une dizaine de propriétés appartenant à sa famille mais j'ai tout de suite su que c'était lui. Ce château-là. J'ai été conquise dans l'instant. Mais au lieu d'être heureuse, cela m'a diminuée. Cette évidence m'a pincé le cœur parce que devant ce château que je découvrais pour la première fois, je réalisais que je venais d'approcher ce qui, dans mon existence, ressemblerait le plus à un coup de foudre. Face à des briques.

Ce oui clair en réponse à sa demande genou à terre, ce son bref pour mettre un terme à la souffrance de Charles, m'avait aussitôt enlevé la chance de vivre cette expérience unique. Celle de me sentir portée par un oui puissant. Ne pas devoir chercher en moi les arguments ni la force pour accepter cette union mais être submergée par l'évidence tel le torrent d'un fleuve en crue.

Ce château, je crois que je l'ai aimé d'abord parce qu'il parlait de moi et de mon histoire. Nous avions dépassé le portail de la propriété depuis quelques minutes quand, au détour de l'allée, il s'est dressé fièrement. Au milieu d'arbres centenaires et en grande partie dissimulé sous un lierre sauvage, il paraissait indécis. Il avait choisi de s'élever vers le ciel élégamment, les briques prenant ensemble la forme d'une demeure de prestige mais sans jamais être parvenu à contrer sa face sauvage. Cette verdure qui en prenait possession incontestablement. À moitié rebelle, à moitié contraint à une vie rangée. Cette image en écho à mon présent de jeune fiancée me toucha et, à cet instant précis, je décidai d'unir mon indécision à la sienne en me mariant en son sein.

Charles, méthodique, insista pour me faire visiter chaque pièce, chaque recoin de ces hectares parfaitement entretenus. Il me montra avec un enthousiasme mesuré les lieux où nous pourrions être photographiés et je m'imaginais statique sous les ordres du photographe, devant ce gazon anglais enlaçant quelques îlots d'herbes folles laissées libres à dessein. Je sentais crisser sous mes doigts le tissu de la robe de mariée, froissé par mes mains cramponnées, par crainte de glisser dans ce ravin qui semblait se creuser partout autour de moi. Je patientai donc sagement pendant deux heures avant de lui annoncer que sa présentation m'avait convaincue, que je ne pouvais pas imaginer plus bel endroit pour me marier.

Et c'est ainsi que ce château sauvage et moi scellâmes nos destins, un avenir commun pour deux rebelles qui ont renoncé.

Charles accepta à contrecœur que j'aille vivre mes derniers mois de jeune fille à New York et je fis ce que toute future mariée normalement constituée aurait abhorré, je lui déléguai la mission d'organiser les noces. J'aurais été jusqu'à lui confier la tâche de choisir ma robe si ma mère ne m'en avait dissuadée.

Ce matin-là, elle et moi étions attablées devant nos cafés fumants pour la première rencontre du jour. Une tradition qui avait vu défiler les breuvages de mon côté de la table : biberon, laitage, jus de toutes sortes et puis, enfin, le jour de mes seize ans, la possibilité d'un café. Ce rituel ambitionnait de nous offrir à toutes les deux, un agréable début de journée. Ma mère m'écoutait patiemment lui expliquer la visite et les premières décisions concernant les préparatifs dont la principale était que Charles organiserait tout. Elle avait d'abord tenté une approche diplomate puis, confrontée à mon obstination aveugle, elle avait opté pour la franchise. Je me rappellerai toujours sa phrase : « Je n'ai jamais vu une façon aussi inventive et radicale de dire à son bien-aimé qu'un mariage ne compte pas. » Elle l'avait prononcée en riant, amusée par ma candeur. Elle m'avait ensuite regardée droit dans les yeux et demandé : « Ma chérie, veux-tu vraiment l'épouser ? » Sans comprendre pourquoi, je savais que ce moment serait décisif, qu'il me postait au carrefour de deux vies bien différentes. J'avais encore le choix. Il n'était pas trop tard. Mais j'ai pris peur et pour la première fois de ma vie, j'ai menti à ma mère, non sans un certain dégoût pour moi-même.

Non, je ne voulais pas l'épouser mais comment dire à cette femme qui m'avait tout donné que je me sentais si peu digne d'amour ? Que le départ prématuré de mon père, cet homme qu'elle semblait avoir follement aimé, avait anéanti pour moi ce rêve ? Je n'y croyais pas et j'avais saisi ma chance avec Charles, persuadée qu'elle serait l'opportunité d'une vie. Sa fragilité, tremblant à genoux, n'avait été qu'une main dans le dos, me poussant inévitablement vers la suite imposée par mon histoire, éliminant les dernières résistances et faisant fi des vicissitudes que ce oui entraînerait dans son sillage.

J'ai baissé la tête et malheureusement, j'ai choisi le silence.

3.

Le 1er juillet 2017

Je referme le carnet de ma mère. La lettre de Charles, l'homme qui est devenu mon père, est collée par un pan de façon à pouvoir l'ouvrir et la lire sans risquer de l'égarer. Leurs confidences unies jusqu'à ce que la colle cède. Quand j'arrive à cette partie-là de son journal, je lis toujours la lettre avant le texte de ma mère. Je préfère commencer par elle. Elle est si fade. On dirait qu'il a mâchouillé chaque mot pendant des heures avant de l'écrire. Une missive polie et si peu téméraire. Chaque formule est entendue, sobre à l'excès, presque morte en réalité. Quel manque de caractère ! M'enfin, qu'il lui dise qu'on ne traite pas les gens ainsi ! Qu'il ne se mariera pas dans ces conditions, avec le sentiment qu'elle a perdu tout intérêt pour leur projet. Pire, que sa fuite est une blessure que chaque jour renouvelle. Non, il s'attarde à décrire un mariage qui ne semble plus qu'une coquille vide. C'est étrange, je me sens si différente de ce père. Je lis ma mère et je la vois à mes côtés. Je le lis lui et je le sens encore davantage s'éloigner. Elle est brillante, vive et intelligente. Il aurait pu être tellement mais il a choisi d'être absent à lui-même, aux autres et puis, définitivement en quittant ce monde. Heureusement qu'elle était là. Voilà ce que je pense souvent. Sous ses apparences de mère et épouse modèle, elle m'a transmis ce feu.

Je connais désormais par cœur l'histoire du château sauvage. Les mots glissent tels ceux d'un poème, chaque lecture m'emmenant plus loin, comme s'il était possible de lire à l'infini le même texte en lui donnant un sens malgré tout différent. Saisir une nouvelle nuance du vécu de ma mère, la comprendre plus profondément, sillonner une contrée inconnue dont aucun recoin ne doit rester inexploré.

Ses confidences ont pris la forme d'un enseignement. Celle du château sauvage parle de l'importance de croire en soi, de s'aimer suffisamment pour ne jamais renoncer à soi-même et épouser une opportunité plutôt que l'amour de sa vie. C'est sa voix que j'entends quand le quotidien me confronte à un choix difficile. Elle me gratifie de la bienveillance nécessaire pour traverser mes échecs et les accepter. Elle s'est trompée et déjà au moment de ces lignes en août 1988, elle en était consciente. Aujourd'hui, quand je manque de courage pour aller vers mes choix, une image s'impose à moi. Celle du château couvert de lierre. Elle prend vie dans mon esprit, m'enjoignant de suivre mon intuition.

Je lève les yeux pour admirer la fermette que nous avons restaurée avec soin. Je regarde la façade de vieilles pierres et son rideau de lierre. Il court sur la majeure partie de notre maison. Je crois que je l'ai choisie parce que, comme le château, elle est un rappel incessant de ne pas succomber à une vie trop rangée. J'étends mes jambes sur la chaise longue en bois et me concentre pour sentir le parfum du lilas. Le poids des fleurs fait ployer les branches supérieures et on pourrait croire qu'elles désirent enlacer celles situées plus bas et encore parées de simples bourgeons. Tentent-elles de murmurer un dernier encouragement pour les aider à s'épanouir ? Leur effluve se mélange subtilement à celle des fleurs d'oranger. Le bigaradier grandit timidement dans l'entrée de la maison, à l'abri du froid. Un cadeau d'Oscar évidemment. Ces feuilles touchent celles de la glycine qui court sur la façade, s'entremêle avec le lierre et descend jusqu'à l'étroit parterre de lavande. Tous ces parfums ont une signification particulière pour moi, ils ont jalonné mon histoire et me rappellent aujourd'hui un être, une force. Le lilas pour Louise et la constance. La lavande pour ma mère et l'amour. La glycine pour Henri et le rêve. La fleur d'oranger pour Oscar et la confiance dans la vie. Comme si ces êtres avaient déposé autant de possibles dans mon berceau de naissance.

J'entends un rire dans la maison. Un autre bientôt. Ils se rapprochent. Je vois des têtes blondes sautillantes à travers la fenêtre du salon et profite du dernier instant de silence avant de les voir débouler dans le jardin. Mathilda accélère sa course en riant et ses couettes rebondissent à chaque progression. Elle bave de rire et sa blouse est maintenant trempée sur dix centimètres au moins. Elle tourne autour de l'arbre, technique éprouvée pour échapper aux deux grands bras qui veulent l'attraper. Son grand frère s'est joint à cette course imaginaire. Quel monstre, loup ou chevalier est-elle en train de distancer cette fois-ci ? Elle chante de sa petite voix claire et se précipite vers moi, faisant mine de s'assagir pour repartir aussitôt.

Je tente de me concentrer à nouveau sur mes dossiers. Mon esprit est peu docile ces derniers temps, il s'envole pour un oui ou pour un non. Une couleur, un mot, un soupir et je suis déjà loin. La pile des feuilles à classer est encore haute et je regarde en souriant le petit nombre de dossiers achevés qui gît à mes pieds. Je reprends ma consultation dans trente minutes et j'ai à peine accompli un tiers du travail administratif. Je tourne les pages et tente de lire, entre deux bâillements. Mathilda court vers moi, vraisemblablement déterminée cette fois-ci à plonger dans mes bras. Elle est assez grande pour ses deux ans. Elle pose sa tête contre ma poitrine et s'abandonne un instant. Je caresse les boucles qui encadrent son visage. Soudain, elle lève la tête et commence à me raconter une histoire farfelue sur un loup qui est gentil et met du sable dans toute la salle de bains. Je vois derrière elle son frère qui se marre, la singeant à force de grands gestes. Elle s'interrompt.

— Dis mamaaaan, tu ne m'écoutes pas ?

— Pardon ma chérie, tu disais ?

Elle caresse mon ventre avec sa petite main, puis y colle délicatement son oreille.

— Tu as un bébé dans ton ventre toi ?

Il me faut quelques secondes pour comprendre le sens de cette phrase toute simple. Je pose ma main sur la sienne. Pour toute réponse, un silence. Je m'élance vers la maison, en caressant la glycine au passage.

4.

Ubud, le 10 juillet 2012

Rose avala de travers. Il avait parlé d'un ton léger, la tâche semblait facile, évidente même. Il n'aurait pas adopté une intonation différente pour annoncer qu'il partait acheter une salade au marché du coin. Comment osait-il ? Ressentait-il l'obligation de développer ? Apparemment pas.

Ils étaient assis à cette table comme deux inconnus. La quiétude des premières heures du jour, l'isolement de la maison et cette terrasse infinie surplombant la nature, donnaient à leur rencontre des allures de tête-à-tête sur le toit du monde. Chacun de leurs mots formait un son clair dans cet univers silencieux. La fluidité de leurs échanges s'était envolée et rendait leur conversation étrange, le temps ayant distendu le lien et effacé leurs habitudes. Les centaines d'heures passées ensemble s'étaient évaporées avec les années, laissant démunies deux personnalités qui cherchent comment s'emboîter pour construire un nouveau lien. Ils avaient grandi, leurs mains d'adultes en témoignaient avec leurs gestes désormais maîtrisés. Rose essaya d'assimiler les informations qui s'accumulaient à toute vitesse. Sa nuit avait été courte. Bien trop courte.

Elle s'était pratiquement arrêtée de respirer quand il avait prononcé ces trois mots. *Retrouver tes parents*. Elle voulait crier que ce silence était une torture, mais elle désirait aussi préserver ce mystère qu'elle avait choyé toute sa vie. Bizarrement, elle avait pris goût à cette liberté de ne pas devoir choisir entre deux souffrances, la perte ou l'abandon. Si la résolution de cette énigme résidait dans le départ de ses parents, elle aurait voulu le savoir immédiatement pour au plus vite comprendre et les revoir. En revanche, s'ils étaient morts, elle souhaitait les maintenir en vie encore quelques minutes, retarder l'épreuve du deuil qui mettrait fin à ses rêves d'enfant.

C'était cette profonde contradiction qui divisait son être. Elle tenta de parler, mais les mots s'entrechoquaient dans son cerveau, empêchant l'un d'eux de sortir indemne. Elle était condamnée à rejoindre Henri dans un silence qui rendait leur face-à-face soudainement intime.

Puis une image s'imposa à Rose, celle d'une route à travers champs. Les images ont une puissance que les mots n'ont pas. En admirant ce paysage inventé par son esprit, elle sentit une force grandir en elle. La route était large au milieu des champs de blé, traçant une ligne droite jusqu'aux vallons. On pouvait aisément l'imaginer traverser lacs et montagnes, s'encaissant tel un cours d'eau entre deux collines, suivant sa voie immanquablement. De part et d'autre, une étendue immense et autant d'opportunités mais un seul chemin inscrit dans la terre, celui d'une vie choisie jour après jour. C'est ainsi que Rose aurait rêvé la sienne, simple et évidente comme une route à travers champs.

— Retrouver mes parents ? articula-t-elle difficilement.

Elle semblait avoir puisé au fond de son être pour poser cette question et les mots avaient émergé tels quels, inachevés et bruts. Henri ne prêta pas attention au trouble de Rose. Il doutait désormais de sa démarche. Qu'est-ce qu'il lui avait pris ? Penser que l'on peut sauver quelqu'un ? Même Rose ? Quelle folie. Quelle bêtise. Il ne pouvait plus renoncer maintenant. C'était trop tard. Il s'était engagé et devait aller jusqu'au bout de son entreprise. Il avait introduit le doute dans l'existence de Rose et ne pouvait plus l'abandonner. Il se racla la gorge et continua.

— J'imagine que tu dois me prendre pour un fou de m'attaquer à un mystère qu'une dizaine d'enquêteurs se sont révélés incapables d'élucider.

Rose resta muette. Elle se voyait mal le juger.

— Mais j'ai appris une chose... On ne choisit pas un rêve parce qu'il est réalisable, on le choisit parce qu'il a un sens pour soi, parce qu'il donne du sens à une vie.

Il essayait de se remémorer ce qui avait initié cet élan, cette énergie qui avait gonflé ses ailes de jeune homme et l'avait porté jusqu'ici, en Asie. Il en fallait de la détermination et il en avait eu jusqu'à présent. Peut-être fallait-il ne plus questionner la pertinence de ses actes, mais au contraire se lancer à corps perdu dans ce projet mûrement réfléchi ? Sa réflexion fut interrompue par une voix douce.

— Je n'aurais pas cru pouvoir être un jour le rêve de quelqu'un, rétorqua Rose avec humour.

— Pas mal d'avoir choisi Ubud, dit Henri avec un petit rire nerveux.

— Pardon ?

— Euh... Ubud, un lieu pour guérir ? Ubud vient de *ubad*, qui veut dire médecine en indonésien et...

— Bon, où veux-tu en venir finalement Henri ? Alors tu les as trouvés oui ou non ? Tu as un sacré culot de venir jusqu'ici, aussi tôt en plus, pour bouleverser mon existence avec tes grandes révélations et puis me tenir en haleine pour me parler en indonésien. Je m'en fous Henri. Crache le morceau !

Rose avait retrouvé une certaine audace, celle qui ponctuait leur relation d'enfants. Elle pouvait se révolter et Henri restait tranquille, telle une mer d'huile. Il détourna les yeux, gêné et sa mine s'assombrit.

— Malheureusement, j'ai échoué.

Rose avait espéré pendant quelques minutes et faisait face à une nouvelle déception. Elle se leva, consternée.

— Pourquoi viens-tu ressasser tout cela ? Me laisser croire ne fût-ce qu'un instant que tu les as retrouvés ? Est-ce que tu peux imaginer ce que j'ai pu ressentir à l'idée de les revoir ? Et combien je suis abattue maintenant ? Pourquoi es-tu venu ici ?

Rose le regardait, tremblante de colère. Elle allait lui tourner le dos, prête à le quitter. Mais Henri saisit sa main et lâcha sans autre préambule :

— Parce que j'ai découvert ce qui s'est passé.

5.

New York, le 18 septembre 1988

Cher journal,

J'ai l'impression que ma vie a débuté il y a un mois. Avant, je crois que je faisais juste semblant.

Ce jour-là, le 20 août, je faisais les boutiques, désespérant de ne jamais trouver cette robe de mariée. Elles me paraissaient toutes mal ajustées. Quelle farce de la vie ! La couturière avait beau les reprendre à force d'épingles et d'ingéniosité, elles semblaient définitivement inadaptées. Certaines étaient trop larges en bas et la plupart avaient la taille mal positionnée telle une injonction désagréable de mesurer dix centimètres de plus.

Mon corps est-il si différent des fiancées américaines ? J'ai beau me tenir droite, rentrer le ventre et faire l'impasse sur le dessert du soir, ma poitrine demeure irrémédiablement comprimée dans ces bustiers étroits. Captive dans une prison bordée de perles délicates. Je me suis tant de fois regardée dans un miroir avec cette impression d'étouffer que cette simple image me donne désormais le tournis. Je revois mon teint bleuir, prête à m'évanouir dans un nuage blanc à même le sol d'une énième boutique élégante. On me répète que c'est mon imagination, que la robe est parfaite. Alors pourquoi est-ce impossible pour moi de respirer ?

Il n'y a pas que la taille qui me dérange. Ces broderies ton sur ton dissimulent une vérité. Elles font croire aux contes de fée. Les yeux fermés, je tente de déchiffrer du bout des doigts leur dessin mièvre, des petits oiseaux ou des fleurs sensées symboliser l'union à célébrer ? Mais dans mon mariage, je n'entends pas d'oiseaux chanter. On est loin des petites fleurs quand deux destins malheureux choisissent de se lier par manque d'audace. Oui, j'éprouve maintenant une certaine colère de m'être engagée trop rapidement. J'aurais dû attendre, me donner le temps de nous connaître mieux, ensemble et individuellement. Ma bague flotte toujours au niveau de mon cœur, mais elle n'est plus un rappel à l'ordre suffisant. Libérée de la dernière robe, j'ai pris la seule décision possible : laisser tomber les essais, au moins pour quelques jours.

J'adore me perdre dans les rues de New York. Partir d'un quartier que je commence à connaître, Greenwich Village, et explorer au hasard : East Village, Soho ou Chelsea. Marcher pendant des heures comme si ma vie ne comportait plus aucune échéance. Quand je regarde ces maisons en brique rouge, je pense aux autres, je laisse vagabonder mon esprit, entrer par ces fenêtres entrouvertes et inventer les existences qui s'y dessinent. Peut-être discutent-ils de leurs prochaines vacances ? Elle lui caresse la main en suggérant la plage et son rêve de sable chaud. Il sourit et ajoute qu'il pourrait surfer. Je les imagine se lisant un livre, tour à tour et à voix haute. Chacun met ses images sur les mots qui s'écoulent et ensemble, ils vivent un voyage commun mais différent. Je m'évade dans leur histoire, car je ne suis pas en paix avec la mienne. Bien sûr, New York me fait vibrer, je sens son énergie légendaire couler dans mes veines, mais une partie de moi y résiste. Elle demeure bloquée sur des choix dépassés. J'ai beau lutter, j'ai l'impression qu'ils sont tatoués dans ma peau. Vouée à une vie d'automate, la mécanique s'est enclenchée et la suite des événements semble inéluctable. Je voudrais tellement qu'un grain de sable se glisse dans ce rouage et enraye sa marche.

C'est à ce moment précis que je sentis une masse heurter le haut de mon crâne. Elle était à la fois solide et molle. Tandis que la douleur se propageait dans le haut de mon cou puis dans mon dos encaissant tour à tour le choc, une pensée tournait en boucle. Comment peut-on être solide et mou en même temps ? Mon cerveau restait attaché à cette question insignifiante. Il me fallut un instant pour lever la tête et réaliser que j'avais foncé tête baissée dans un inconnu. Un homme grand qui n'appréciait visiblement pas beaucoup ce contact impromptu.

Un gloussement familier me fit pivoter sur moi-même et j'en perdis l'équilibre, encore étourdie par la collision. Le rire redoubla et je sentis deux bras m'attraper sous les épaules et freiner ma chute à quelques centimètres du sol. C'est de ce point de vue particulier, presque allongée sur le trottoir, que je le vis pour la première fois. Et même à l'envers et vu d'en bas, son visage me toucha. Une force dans ses traits, je crois. Il riait et mon corps tremblait sous ses secousses. Kate se percha au-dessus de nous et fit au mieux pour nous aider à nous redresser. Mais elle déséquilibra encore davantage l'ensemble et nous nous retrouvâmes tous les trois allongés sur le béton new-yorkais.

Voilà comment je fis la connaissance de John. Il se releva et me tendit la main. Elle était grande et m'offrit une poignée confiante. Une fois à la verticale, nous sommes restés quelques secondes à nous regarder, comme si nous n'entendions plus ni le monde autour de nous ni les plaintes de Kate, restée à terre. Oui, exactement comme dans les films. Et c'est à cette minute-là que ma vie a débuté, à contre-courant d'un flot d'hommes d'affaires pressés.

John est un cousin de Kate. Il est arrivé à New York au début du mois d'août pour étudier la médecine. Je sais bien que je n'aurais pas dû, mais j'ai accepté de le revoir. Il a planté son regard dans le mien et m'a lancé : Gabrielle, veux-tu déjeuner avec moi demain ? Comme si c'était une évidence, qu'il était impossible que je dise non. J'ai aimé cette assurance et dans un réflexe, j'ai porté la main à hauteur de mon cœur pour sentir la bague au travers de ma blouse. Le tissu était doux et léger, quasi inexistant. Un anneau contre ce regard serein. Au même instant, j'aurais voulu sourire et m'effondrer. Qui allait gagner ? Tel un équilibriste qui tente de se maintenir sur la lame du fil, j'ai opté pour le compromis.

Seulement un rendez-vous. Juste pour voir ce que cela fait. Un coup de foudre. Et j'ai ôté la chaîne de mon cou.

6.

Ubud, le 15 juillet 2012

Chère maman,

Un mystère s'est envolé et avec lui, tous mes espoirs. Je tente de me convaincre que c'est pour le mieux, car je ne peux pas passer une vie à t'attendre, à vous imaginer vivre dans un pays lointain et à me dire que si j'avais été une autre, vous seriez peut-être restés.

Henri m'a raconté l'histoire d'une traite, comme si, même après toutes ces années, je devais savoir au plus vite. Je crois qu'il avait mal. Personne n'a envie d'être ce messager funeste. Ses phrases se succédaient à toute vitesse et il m'était difficile d'intégrer toutes ces informations à ce rythme.

Il vous a cherchés longtemps. Dans notre village, il était même devenu célèbre pour cela. On l'appelait poétiquement « l'amoureux de Rose » alors que la vie nous avait séparés une dizaine d'années auparavant. Mais Henri était déterminé et méthodique. Il interrogeait chacun, tentait de recouper les histoires, de bien maigres indices pour n'importe qui, mais pas pour lui. Pour l'amoureux de Rose, ils valaient de l'or. Sa volonté était inébranlable et il lui fallut un peu plus de cinq ans pour voir ses efforts récompensés. Il pensait que chaque information constituait une brique dans la construction de la vérité, qu'il fallait simplement qu'elles s'empilent pour la voir émerger. La vie avait choisi une autre voie. Ce sont bien ses efforts patients qui lui offrirent la clé du mystère mais ce ne fut pas grâce aux indices récoltés. Ceux-là furent inutiles. Non, c'est la célébrité qu'il avait bâtie qui lui amena le dénouement, un matin dans sa boîte aux lettres.

Une enveloppe verte à son nom et une lettre dépareillée, signe d'un manque de soin ou de temps. La lettre que chaque villageois aurait pu écrire et celle qui les rendrait à jamais tous potentiellement coupables. Une lettre d'aveu.

La conjugaison indiquait que c'était un homme qui se libérait du lourd secret. Henri crut d'abord à une blague. Beaucoup avaient pris l'habitude de le taquiner. Poursuivre une quête sur plusieurs années pour un amour d'enfance est étrange et cela peut mettre mal à l'aise. Et quand on est inconfortable, il arrive qu'on charrie pour se distraire du sentiment désagréable. Mais à la lecture de cette lettre non signée, Henri se ravisa. Pareille blague aurait été cruelle.

La lettre était courte, une quinzaine de lignes. Une écriture tremblante traversait la page péniblement, comme un rameur l'océan. L'aveu paraissait difficile. Qu'est-ce qui pousse un être à déposer pareil bagage ? Son poids ? Une vie qui se termine ? Une bonté soudaine ? De la pitié pour celle qui est restée peut-être...

Alors voilà ma chère maman, le récit de ce qui nous a séparées toi et moi.

Ce soir-là, vous aviez choisi de vous promener. Au départ, vous souhaitiez peut-être seulement parcourir notre parc ? Puis, vous vous êtes aventurés un peu plus loin, quelques mètres sur un autre territoire. J'invente un peu ici car cela, je ne le saurai jamais. Il n'a pas révélé l'endroit. Papa marche devant toi, la forêt et ses arbres touffus filtrent une lumière douce. La nuit tombe et vous êtes probablement sur le chemin du retour. Soudain, un bruit derrière vous et vous vous retournez pour découvrir un animal sorti de sa cachette. Un cerf, une apparition magique pour ce moment en amoureux. Derrière lui, les arbres semblent s'aligner à l'infini, leurs troncs s'élancent vers le ciel. J'imagine que c'est la dernière image qui s'est imprimée dans vos esprits avant la douleur. Ce cerf au milieu des bois.

Il n'aura pas fallu grand-chose, un chasseur peu prudent tirant dans la pénombre, un manque terrible de précision, une main qui tremble ou un déséquilibre au moment de faire feu ? Je l'ignore. Une énorme infortune en tout cas. Il voulait l'avoir, ce cerf majestueux, mais il n'a eu que vous. La balle a d'abord traversé la tête de Papa pour terminer sa course dans ton cœur. Quelle issue pour une histoire d'amour d'achever une vie en partageant la mort, une balle pour deux.

La chasse était interdite dans ce lieu-là et le chasseur aura sans doute craint la prison, les soucis financiers, la fin d'une vie tranquille. La sienne. Lâche, il n'a pas réfléchi et, pris de panique, il est allé chercher une pelle. Les décisions se sont ensuite enchaînées rapidement. Enterrer ces deux corps, bien profondément et du même coup, m'enfouir avec vous. Puis choisir de se taire pour ce qui m'a paru une éternité.

J'imagine la scène. Ton regard surpris en voyant ton mari s'écrouler. J'ai aujourd'hui presque l'âge que tu avais à l'époque et la rage me poussa un instant à vouloir liquider tous les chasseurs du coin pour être sûre qu'il soit dans le lot. L'impuissance rend stupide.

Après avoir raconté son histoire, Henri s'est tu. Il me fixait sans oser parler. Sa main semblait avancer vers moi puis reculer. Je crois qu'il voulait la poser sur mon épaule mais que, perdu devant ma douleur, il abandonnait à chaque fois. Puis, j'ai pleuré et il m'a serrée contre lui. Nous sommes restés longtemps enlacés, je retrouvais sa patience du temps du banc sous l'arbre. J'ai pensé que j'allais passer le restant de mes jours à pleurer tant le flot de larmes était constant. Pleurer et enrager. Et bizarrement, cette vision de moi vieillissant avec ces seules activités m'a fait sourire. Devant la caricature d'une mégère qui s'agitait dans tous les sens, déversant larmes et crachats, j'ai compris que je ne serais jamais comme cela. Par un mécanisme curieux, cette image si éloignée de moi me signifiait que la tristesse et la colère s'épuiseraient pour faire place à autre chose. Et cela m'a apaisée.

J'entends désormais cette voix intérieure qui s'élève au-dessus du tumulte. Ils ne m'ont pas abandonnée, je n'étais pas responsable. Quel soulagement. Je découvre ma vie sous un autre jour, chaque élément se réaligne sur cette nouvelle vérité. Et une question domine toutes les autres : qui devient-on quand on a enfin le droit de s'aimer ?

Rose

7.

Les Hamptons, le 1er octobre 1988

Cher journal,

Il est tard. Je crois que nous ne sommes même plus le 1er octobre mais peu importe, cette date restera à jamais gravée dans ma mémoire. Assise face à la mer, j'ai une vue privilégiée depuis la terrasse de la maison de Kate. Elle m'a invitée une semaine dans sa villa de East Hampton. Chaque année, sa famille convie les amis pour célébrer l'anniversaire de mariage de ses parents. Il en faut de l'amour pour fêter une union si méthodiquement et je dois admettre qu'il ne s'agit pas d'une simple façade. Je les observe depuis mon arrivée et nombreux sont les gestes qui légitiment cette cérémonie.

La pleine lune illumine les dunes de sable blanc. Ici et là, l'oyat a grandi dans une double intention, les embellir et les stabiliser, leurs racines s'ancrant profondément dans ce milieu sablonneux. Cette plante me rappelle les journées à la plage avec ma mère. Je me souviens d'une après-midi en particulier. Elle était couchée sur le ventre, la main droite posée près de son visage. Profitant de sa sieste, je l'avais contemplée longuement, ravissante dans son maillot bustier noir et blanc, un ensemble pour confirmer une élégance innée et qui avait suscité quelques torticolis chez les vacanciers. Ses cheveux noirs bouclés étaient retenus dans un chignon à moitié défait par la dernière baignade. Quelques grains de sable brillaient sur ses épaules dorées. Le tableau était parfait et j'aurais aimé être une artiste pour l'immortaliser.

J'avais tant de questions que je ne pourrais jamais lui poser sans risquer de la blesser. Je la regardais abandonnée aux embruns et elles tournaient en boucle dans ma tête. Comment parvenait-elle à être si forte, à mener tous les combats ? Comment pouvait-elle être tellement belle et pourtant seule ? Et surtout, comment avait-il pu la quitter ? Elle. Cette femme d'exception. Je tentais de déceler dans ses traits apaisés une réponse, un indice. Mais rien ne venait si ce n'est un amour infini pour ma mère. Grâce à elle, j'avais confiance : rien ne pourrait nous arriver. J'avais envie moi aussi de la protéger, de la rassurer : elle avait réussi. Je voulais lui prouver qu'elle était parvenue à combler ce vide énorme et que sa fille aurait une vie heureuse. Au milieu de l'oyat balayé par le vent, je lui fis cette promesse silencieuse.

Nous sommes quelques privilégiés à séjourner chez Kate : Anna-Bella, Sean, Mila, Walter et surtout John. Depuis mon poste d'observation à l'abri du vent, j'aperçois la ganivelle sur laquelle nous avons posé robes et shorts quelques heures plus tôt. Cette clôture en bois de châtaignier, reliée au moyen de fil de fer galvanisé, traverse une bonne partie de la plage. Les journées ici sont ponctuées par des promenades au bord de l'eau, des baignades improvisées et des cocktails sur la terrasse de la maison. Le matin, chacun se lève à son rythme et finalement, sans le vouloir, nous nous retrouvons tous autour de la table du petit déjeuner en même temps. Est-ce l'odeur des pancakes ou le soleil qui traverse les persiennes et se matérialise en lignes lumineuses sur nos lits blancs ? Aucune idée, mais immanquablement la magie opère.

Au départ, j'étais intimidée. Les repas sont bruyants, à croire que Kate n'aime s'entourer que de fortes personnalités heureuses de s'exprimer à toute heure de la journée ! Mais ils ont sur moi un avantage important, la langue. Les mots fusent, je tente d'en attraper un au vol pour me rallier à la conversation, le temps de le traduire et de former mon idée, la tablée est déjà au sujet suivant. Après quelques repas à courir derrière les phrases, j'ai pris le parti de m'asseoir en bout de table. Depuis cette place, je suis devenue la spectatrice d'un bon film américain avec son lot de drames, de bonnes blagues et surtout, d'histoires d'amour. De ce point de vue particulier et, forte de mon silence, je peux me concentrer sur les intrigues amoureuses qui se tissent au fur et à mesure du séjour. Je peux saisir un regard entendu, un sourire discret et parfois même entrevoir un pied qui s'égare.

J'ai découvert par exemple que lorsque Kate parle, elle regarde systématiquement Walter, comme si sa réaction comptait plus que tout autre. Pour une fille qui n'a peur de rien, cela ne peut signifier qu'une chose, elle est sous son charme. La preuve, elle rougit dès qu'il esquisse un sourire. Personne ne semble l'avoir remarqué. Il faut du temps et de la concentration pour cela, autant d'avantages dont je suis la seule à disposer. Une histoire se dessine et se mêle à une autre, je prédis même un imbroglio amoureux pour la fin des vacances. J'apprécie cette vie qui s'anime sous mes yeux, mais je crois que le père de Kate s'inquiète un peu de mon silence. De temps à autre, il me couve des yeux comme si j'étais un oiseau tombé du nid qu'il tente en vain de replacer. Il me demande gentiment mon avis sur un sujet ou un autre. J'essaie de répondre au mieux, c'est ma façon de le rassurer que tout va bien. Et puis, mal à l'aise, nous abandonnons rapidement cet échange de politesses, avec le sentiment du devoir accompli. Je retourne à mon spectacle et lui à le jouer.

Je resserre la couverture autour de mes épaules. L'air s'est rafraîchi. Je n'ai pas pris le temps de me changer et je porte encore la robe bustier bleu nuit que Kate m'a prêtée. Tout le monde est allé se coucher, repu et heureux. Je ne parviendrai pas à m'endormir, les mots s'alignent dans ma tête et je dois les écrire sinon j'ai bien peur qu'ils m'empêchent de dormir. Mon cher journal, je dois te raconter ces dernières heures.

La soirée battait son plein. Entre deux plats délicieux, les invités s'époumonaient sur la piste de danse. J'avais rarement vu tant d'entrain, les danses se succédaient, à croire que les Américains les connaissaient toutes. Pour ma part, je concentrais mes efforts sur chacune, essayant vaille que vaille de dissimuler mon ignorance. Depuis quelques minutes, je tentais de suivre mon cavalier et je cherchais désespérément une excuse pour m'éclipser sans le vexer. J'avais besoin d'une pause, ne plus craindre la chute pendant au moins soixante secondes. Alors que mon esprit échafaudait une fuite, mon cavalier s'arrêta net, un peu étonné, et je sentis une main sur mon épaule. Quelques mots s'échangèrent devant moi, je vis leurs lèvres bouger mais impossible de leur donner un sens, le bruit autour de nous faisaient barrage. Il devait s'agir d'une négociation dont j'étais l'objet car on passa ma main d'un homme à un autre. Mon cavalier se dirigea vers une autre cible et mon sauveur m'entraîna loin de la piste de danse.

« Je voulais être avec toi. » Voilà ce que John me dit en m'emmenant sur la plage pour nous asseoir face à la mer. Il resta un

moment silencieux, comme s'il voulait prendre le temps d'admirer le spectacle de cette étendue lisse, illuminée par la lune. J'appréciais ses silences, j'y voyais une marque de confiance. John se tourna enfin vers moi, il caressa le dos de ma main et me sourit. Il prit mon visage dans ses mains et sembla attendre mon accord. Pour tout oui, je me penchai vers lui et fis ce dont j'avais rêvé depuis plusieurs semaines. J'embrassai ces lèvres douces mais décidées. Il m'allongea dans le sable et entre deux baisers, me chuchota merci.

Nous aurions pu rester des heures sur ce sable tiède mais des voix s'approchaient déjà, d'autres rendez-vous amoureux sous un ciel étoilé. John me tendit galamment une main pour m'aider à me lever et nous rejoignîmes la fête.

Je dois te laisser, cher journal. J'entends des pas. C'est lui.

8.

Le 5 juillet 2017

J'effleure le reliquat des pages déchirées et ferme les yeux pour tenter de déceler le secret qu'elles dissimulent. Combien de pages ont été arrachées ? Deux, trois, cinq ? Chaque année en renouvelant la lecture du journal de ma mère, cette partie m'intrigue, me saisit par les tripes pour ne relâcher sa prise que quelques jours plus tard. Je suis face à une énigme et cette absence inexpliquée prend progressivement plus de place que n'importe quelle autre confidence car, au fond de moi, je rêve qu'elle recèle un nouveau mystère qui, comme chaque révélation, ressusciterait pour un temps ma mère.

La première fois, la découverte des pages manquantes avait pourtant été frustrante. Je m'étais attachée à son périple new-yorkais et étais impatiente de lire la suite de l'histoire. On m'avait enlevé la fin d'un bon roman et surtout, une opportunité de toucher du bout des doigts le bonheur de ma mère. M'approcher de ce John, le voir se construire et prendre le temps de connaître l'homme qui l'avait rendue vivante. Quel choc de me retrouver soudain plongée dans l'atmosphère austère qui entourait son retour à la maison.

Avec les années, j'ai accumulé des dizaines d'hypothèses pour expliquer ces pages arrachées. De la plus banale à la plus complexe. Au début, je pensais à quelques ratures ou à une expérience déplaisante qu'elle voulait oublier. Puis, je me suis aventurée plus loin, je l'imaginais dans les rues de New York, assise sur un escalier ou accoudée à un bar, un inconnu la voit griffonner dans son journal et la supplie de le dépanner de quelques pages. Non, ce n'est pas ça. Impossible, le récit semble bien manquer quelques épisodes. Après, j'ai vieilli et mes exigences ont grandi avec moi, une histoire renversante s'imposait pour être à la hauteur des autres révélations. Sinon pourquoi aurait-elle éliminé ces pages-là ?

Je ne vois qu'une raison, elles contiennent un secret, une chose inavouable. Si mon père tombait sur ce carnet, il aurait pu découvrir cette relation illicite et pourtant, elle l'avait laissé là. Que fallait-il pour qu'elle dissimule certaines confidences ? Et pourquoi ne pas avoir tout enlevé et ne pas risquer de le blesser ? Parfois, j'aime croire que son geste était guidé par moi. Mon père, attaché à son petit monde rangé, ne se serait pas hasardé dans les tiroirs de ma mère. Mais moi ? Avait-elle perçu la personnalité d'une intrigante ? Voulait-elle m'adresser une déclaration faite de pages présentes et d'autres arrachées ? Un message que je serais seule apte à déchiffrer ? Me proposait-elle un jeu de piste vieux de dizaines d'années, les indices éparpillés dans des gestes et des regards que j'ai oubliés ? L'envie d'y croire ne manquait pas...

Et si j'avais raison, pourquoi devais-je découvrir cette histoire d'amour sans en connaître l'issue ? Ou étais-je censée poursuivre ma quête de vérité jusqu'à trouver les pages manquantes ?

Chaque année, ces questions se posent et je remets l'ouvrage. Je m'évade une journée dans la demeure de mes parents, devenue aujourd'hui notre maison de campagne. Je m'installe sur la balancelle et tente de créer un récit digne de la plume de ma mère. Ce passage du carnet révèle la scénariste qui sommeille en moi et aucune histoire ne vient à bout d'un appétit féroce, je veux aller plus loin, habiter ma mère et comprendre les non-dits qui ont contribué à nos destins. Pendant quelques jours, tout devient possible. Je m'autorise ce rêve, être proche de ma mère, lui redonner vie et découvrir enfin ce qui se cache derrière les absentes.

Mon rituel est double. Il y a l'écriture d'une histoire pour combler le vide et puis une chasse au trésor. Peut-être les a-t-elle jetées, rendant cette recherche vaine, mais peu importe, le chemin compte autant que la quête. Il m'offre une journée en compagnie de ma mère et n'a-t-on pas droit à au moins une journée d'espoir par an ?

Telle une gamine, j'explore la maison. Tout est permis, caresser les murs d'une main minutieuse en quête d'une porte secrète, arpenter les couloirs à la recherche d'un espace ignoré, fouiller les recoins des greniers et caves en rêvant d'y trouver les pages coincées derrière une pile de vieux magazines. Un mantra scande mes gestes : « Où les as-tu mises maman ? » Avec le temps, mon champ d'expédition s'est rétréci, diminué graduellement par mes opérations annuelles. Chaque élément de la maison m'est désormais tellement familier qu'il en devient presque invisible et cette réalité m'oblige à avoir l'œil aguerri. Dans un domaine plus qu'exploité, difficile de débusquer la nouveauté alors je dois approcher cet intérieur comme si je le contemplais pour la première fois. Aiguiser mes sens pour qu'ils attirent mon attention sur une anomalie.

Je revois ma mère, un jour d'inspiration, tapisser ces murs avec ce papier-peint décoré de fleurs et d'oiseaux. Une façon de souhaiter la bienvenue à nos invités, me glisse-t-elle. Elle a disposé un large coussin et quelques livres sur le carrelage et, du haut de mes cinq ans, je la regarde couvrir progressivement la peinture foncée avec ce dessin chantant. Elle travaille tard et la lumière ne suffit plus à éclairer le grand hall mais elle continue malgré tout, le toucher compensant les faiblesses de la vue. Depuis mon coussin, je l'observe silencieusement. J'ai compris que mon statut de spectatrice dépendait avant tout de ma collaboration. Autrement formulé par ma mère : « Tu es une alliée ou tu es au lit. » Elle pose ses mains et semble offrir au mur une longue et patiente caresse destinée à lisser le papier. La tâche exige agilité et dextérité. Une fois la colle posée, elle bondit jusqu'à l'escabeau et les actions s'enchaînent alors à une vitesse maîtrisée : se hisser sur la pointe des pieds pour déposer tout contre le plafond l'extrémité du lé, allonger la bande sur sa longueur et passer ses mains pour éliminer les aspérités. Elle avance, aveugle mais confiante ; partiellement privée d'un sens, elle en intensifie un autre.

Mais oui, c'est cela ! Je dois me priver d'un sens pour en décupler un autre. Je décide de fermer les yeux et parcourir la maison une dernière fois aujourd'hui. Je commence par monter doucement le grand escalier qui me répond avec des grincements aigus. Je comprends que je suis arrivée sur la dernière marche, plus solide et statique sous mes pieds. Je me débarrasse de mes chaussures et j'entends l'une d'elle dévaler les escaliers. Les sons sont modifiés, d'une précision accrue. Je tente de m'avancer, les bras ouverts de part et d'autre, ma main gauche frôle le mur et la droite reste dans le vide. Le plancher est doux sous mes pieds nus. J'avance lentement comme si cette obscurité nouvelle rendait dangereux un univers parfaitement maîtrisé. Un parfum vient chatouiller mes narines, je l'avais ignoré lors de ma première exploration, une pointe de lavande noyée dans une chimie complexe. Le tout diffuse un rendu artificiel, se partageant entre effluves fades et plus pointues, cliniques. J'ai dû marcher quelques mètres et il est bientôt temps de tourner. Mon cerveau tente d'afficher un plan précis en trois dimensions mais mes orteils fracassés contre le mur témoignent de ses limites. Je prends à gauche, clopinant le temps que la douleur s'estompe. Au fond de ce couloir, il y a ma chambre d'enfant et sur le chemin, l'ancienne chambre de mes parents, les chambres d'amis, notre salle de bains, les pièces redistribuées au gré des naissances de mes enfants. Mes pas font maintenant chanter les lattes du parquet. Il s'agit d'un chant uniforme, monocorde et je me surprends même à perdre de l'intérêt pour ce jeu lorsqu'un son me rappelle à l'ordre. Il est différent des autres et a animé mes couchers d'enfant. Une vieille latte en bois que René n'a jamais pris la peine de remplacer. Je fais marche arrière et le son résonne à nouveau dans la maison silencieuse.

Mon cœur s'agite et, avant même d'avoir ouvert les yeux, je suis à genoux, les mains courant sur le parquet à la recherche de la latte singulière.

9.

Dans ma campagne, le 30 novembre 1988

Cher journal,

New York est loin et mon être s'est endormi. Dans la brume, j'ai uni mon destin à l'homme que j'apprécie. Je crois que c'est la phrase la plus douloureuse qu'une femme puisse écrire. Il y avait tant de bonnes raisons de renoncer et pourtant, j'ai dit oui. Charles se tenait bien droit dans son costume impeccable, les bras plaqués contre son corps mince, pratiquement au garde-à-vous. En prononçant ce oui, j'ai tourné la tête vers lui, cherchant un regard, un sourire, un soutien. En retour, j'ai reçu ce profil immobile, projeté droit devant, comme s'il était seul à se marier ce jour-là. C'était tout Charles, accomplissant son devoir toujours comme il le faut mais jamais comme il le sent. J'ai mis cette rigidité sur le compte de la nervosité, me mentant à moi-même une nouvelle fois et je me suis concentrée sur mon secret. Ce merveilleux secret. Un choix n'est finalement ni bon ni mauvais, il est ce que l'on en fait, me suis-je répété tout bas.

Le soir des noces, Charles s'est allongé près de moi, raide et surpris par mes pieds froids. J'avais pitié de son malaise. Comment l'aider tout en lui laissant l'initiative ? J'ai éteint la lumière et attendu les yeux ouverts. Pour patienter, je contemplais les ombres jouer sur le plafond de notre chambre, imaginant formes et histoires pour m'éloigner de la mienne. J'entendais sa respiration à mes côtés, le pauvre, il n'osait même pas me toucher. C'est terrible quand on y pense, un tel manque de liberté, nous étions deux prisonniers de ce lit, contraints à une issue que nos corps refusaient. Les minutes se sont écoulées telles des heures et le film muet projeté par la lune commençait à me lasser. J'ai touché sa main pour l'encourager et il l'a saisie comme s'il était sur le point de tomber. La peur dominerait cette première nuit, j'ai accepté mon sort et me suis tournée vers lui. C'était pour un rêve plus grand. J'ai caressé son bras et je l'ai aidé à trouver les gestes. Fidèle à lui-même, il a suivi les instructions et en a fait sa routine. Il n'a rien dit et l'acte s'est clôturé dans un silence complet.

Ses bras mous ont tenté de m'entourer, une façon de me remercier je suppose ? Ou peut-être voulait-il me rappeler qu'à sa manière il m'aimait ? Je l'ignore. Dans ma vie américaine, j'avais vécu une liberté infinie et des gestes vivants et je me retrouvais maintenant cloîtrée dans cette grande maison, mon destin scellé à celui d'un être sec. J'ai pleuré à cette pensée. Cela n'a pas duré longtemps, nous étions épuisés par une journée de festivités et de mondanités. J'ai tenté de pleurer sans bruit pour ne pas le froisser. Malgré mes précautions, je crois que Charles m'a entendue. Peut-être a-t-il cru que mes larmes étaient une évaluation de sa performance ? J'espère que non, personne ne mérite cela. Bien sûr, cela n'avait pas été transcendant. Il aurait fallu pour cela que nos êtres participent. Au lieu de cela, ils s'étaient tapis dans l'ombre, craintifs. Les mains de Charles avaient parcouru mon corps, plus par obligation que par envie, croyant qu'il fallait bien passer par là pour actionner les codes du passage secret. J'aurais dû lui dire que mes larmes n'étaient pas la note que j'accordais à un élève peu méritant, mais notre relation semblait inéluctablement se construire sur les non-dits et je n'ai pas trouvé la force de lutter contre. J'ai tapoté sa main légèrement pour tenter de le rassurer mais je pense que c'était pire que tout. Je n'aurais pas osé tapoter la main de John avant nos quatre-vingts ans et encore !

Le lendemain, je me suis réveillée dans cette nouvelle maison et j'ai découvert ma vie de femme mariée. Je connaissais mon objectif et il fallait que je m'y attelle, dès le départ. Je me suis levée et j'ai décidé d'être heureuse. Accepter mon choix pour en faire un choix fabuleux. J'ai vite compris que Charles serait un homme absent. Une nuit de noces avec lui m'avait suffi et ce premier matin avait confirmé mon intuition. En m'unissant à cet homme, j'avais surtout épousé la solitude et ce petit déjeuner seule face à l'assiette de porcelaine ornée de papillons bleus fut un premier rendez-vous avec mon épousée. Au fond, comment étais-je en solitude ? Pourrais-je m'y habituer ? Mon esprit n'eut pas le temps de former une réponse car Louise est entrée dans la cuisine, essoufflée et les joues rouges. Elle s'est excusée pour son retard. J'ignorais que je l'attendais. J'ai trouvé cela comique qu'elle doive détailler les raisons de sa présence alors que j'étais apparemment son employeur. Une première blague de Charles, involontaire malheureusement. Il n'avait pas cru bon de me demander mon avis ou même de m'avertir. Je suppose que dans sa famille, la bonne à tout faire est livrée avec la maison, un genre de kit de survie pour la jeune mariée.

J'ai tout de suite vu en Louise une compagne agréable pour les années à venir, elle était forte et d'une simplicité désarmante. Sa personnalité semblait s'adapter en tout point à la mienne. Était-ce naturel ou un attribut de la fonction ? Sans doute un peu des deux. Elle ne réfléchissait pas ou peu avant de parler et la fraîcheur me manquait. Elle lisait entre les lignes et j'étais souvent peu encline à m'expliquer. Mais surtout, elle était chaleureuse et il en fallait de la chaleur pour ranimer la flamme de notre foyer gelé. Cette première matinée de femme mariée, je l'ai donc passée avec Louise. Elle avait beaucoup à faire dans notre demeure qui comptait une quinzaine de pièces. Un travail sans fin, le mythe de Sisyphe se matérialisant sous mes yeux. Je me sentais un peu perdue dans cette grande bâtisse et Charles avait omis de nous présenter, nous, le contenu et le contenant. Humblement, j'ai donc demandé à Louise de me faire visiter ma maison et je crois que c'est à ce moment-là que l'appréciation est devenue réciproque.

Nous avons initié ce périple particulier, elle me présentant les mérites des lieux comme le guide passionné d'un musée et moi aspirant à une intimité avec ces briques pour compenser celle que je ne trouverais pas dans la chair. Avide d'en savoir plus, je la suivais de pièce en pièce. Elle attirait mon attention sur une frise, m'expliquait l'histoire d'une vieille cheminée, s'émerveillait devant le carrelage ancien de l'entrée.

Une fois notre visite achevée, je l'ai observée s'occuper de nos vêtements, prendre soin des meubles, vernir les sols ternis. Constante et efficace. Contempler ces gestes ordinaires me rassurait, ils créaient un pont entre ma solitude et le monde réel, me maintenant en vie malgré mon union funeste. Spectatrice captivée, je me tenais là, assise, recroquevillée sur moi-même dans un vieux fauteuil en cuir. Elle s'affairait autour d'une table en bois quand j'ai réalisé que je me sentais bien, ici, dans l'odeur de pin qui taquinait mes narines. Comme si la bâtisse, Louise et moi nous étions mutuellement adoptées, créant une famille d'un genre nouveau.

Les journées se sont succédé avec une lenteur peu commune, chacune ayant toutefois le mérite de me rapprocher de la nouvelle. Elles se déroulent sans surprise, rythmées par les repas, pris seule ou accompagnée selon l'humeur de Charles, les promenades, les histoires de Louise et depuis peu, quelques siestes improvisées. Mon époux reste pour moi un mystère. Il vaque à ses multiples occupations selon un horaire précis, un programme journalier qu'il s'attache à réaliser minutieusement. Pourquoi ? Je l'ignore. Il semble légèrement pressé, donnant une grande importance à une valse quotidienne qui ne paraît jamais aboutir. Ses baisers ponctuent ma journée tel un métronome marquant une mélodie joyeuse. Au début, j'ai cru à une blague. Avait-il réglé un réveil pour lui rappeler d'aimer sa femme ? Cela amusait beaucoup Louise que je la prévienne, un sourire en coin : « Attention dans deux minutes, je vais être embrassée ! » J'avais pris le parti d'en rire, comprenant doucement que Charles ne pourrait exister autrement que dans un tissu de routines. Peut-être sa façon à lui de gérer l'angoisse de devenir prématurément un homme respectable. J'aurais aimé éclaircir cette énigme, comprendre mieux l'homme qui m'avait choisie pour partager son existence. Finalement, nous étions deux êtres humains, avec nos failles et nos limites, nous pouvions décider de fonder cette équipe, chacun palliant les fragilités de l'autre, comme deux pièces d'un même puzzle. Je crains que cette ambition soit pour une autre vie, un autre couple car dans celle-ci, notre lien se tisse d'échanges par bribes et onomatopées, insuffisants pour joliment s'aimer...

J'en avais des choses à te raconter pour combler une absence de quelques semaines. Mais il y a une nouvelle, plus importante que tout autre, qui me pousse à prendre la plume. Je sentais la fatigue envahir progressivement mes journées et j'ai d'abord cru à une certaine lassitude bien légitime. Même en y mettant du mien, l'atterrissage dans cet univers austère était un défi pour la femme indépendante qui avait quitté New York. Mais non, ce n'était pas cela. Le médecin l'a confirmé aujourd'hui. Un petit être est venu se planter au creux de mon ventre et a choisi de s'accrocher. Rien que pour cela, je l'aime déjà.

Charles est ému, cet enfant tient du miracle pour la branche Campion qui conçoit difficilement. Pour moi, ce bébé est une évidence. Et le cadeau qui donne sens à ma vie.

10.

Ubud, le 25 juillet 2012

Dans ce dernier virage, on n'apercevait plus que le vide, l'étendue bleu clair du ciel frôlant la route là où elle tourne. Leur voiture freina légèrement en progressant dans la courbe puis s'immobilisa un peu plus loin, près d'un étroit chemin de terre. On en devinait le départ, piétiné par des marcheurs indécis et c'est là qu'ils avaient choisi de s'engouffrer dans ce berceau vert. Depuis ce bout de route, on apercevait les rizières, des forêts touffues et, ici et là, quelques espaces dégarnis. Un peu plus loin, un lac parfaitement rond et scintillant, comme si la nature avait voulu singer la précision de l'homme.

Après le matin de son arrivée, Henri s'était attardé. D'abord parce qu'il était trop tard pour prendre la route, puis parce que la matinée était trop belle et ainsi de suite, les excuses de l'un et l'autre s'étaient succédé dans l'unique but de prolonger son séjour. Cette présence subtile, rompue à la personnalité de

Rose, avait trouvé une place. Henri lui avait apporté la résolution de l'énigme entourant ses parents et son histoire faisait progressivement son chemin. Rose l'avait acceptée car elle mettait un terme à une quête épuisante, celle d'une vérité qui s'éloigne constamment. Cette fin lui offrait un autre cadeau, le destin d'une enfant qui n'avait pas été abandonnée. Rose avait été surprise par l'aisance avec laquelle elle s'était glissée dans cette nouvelle réalité, lui donnant l'impression que toute sa vie, son être s'y était préparé, qu'au moins une partie d'elle n'avait jamais cru à une fuite. Dans les jours qui avaient suivi la découverte de la mort de ses parents, ses gestes et paroles s'étaient altérés, plus lents et assurés, laissant filtrer une beauté naissante.

Henri s'équipa du sac à dos. Il y avait un peu de marche avant d'atteindre leur objectif du jour. Panamas sur la tête, lunettes, shorts et bottines lacées solidement, ils avaient entamé leur randonnée, poussés dans le dos par la gravité. Selon leurs calculs, il leur faudrait au moins deux heures pour rejoindre le lac. Ils avaient sillonné la région et ce coin était le dernier lieu à explorer. Chaque zone parcourue avait été coloriée dans une couleur, la rizière en violet pour le calme qu'elle inspirait, un quartier en jaune pour l'accueil chaleureux des habitants et un large pan de la carte en rouge pour rappeler la couleur du visage de Rose lors d'une expédition sportive de deux jours. Henri avait posé l'œuvre multicolore au sol pour identifier la route et suivait du doigt une ligne contrainte à se transformer en courbes pour se frayer une voie entre pierre et nature. Il murmurait quelques recommandations pour lui-même, semblait hésiter au carrefour de deux sentiers. La dénivelée était un bon critère pour choisir le chemin le plus agréable puisque la force qui les aiderait à l'aller deviendrait ce lourd bagage au moment du retour.

En quelques minutes, l'atmosphère moite avait recouvert leur peau d'une fine pellicule d'eau, formant par endroits des gouttelettes. La piste piquait abruptement vers le bas, précipitant leur plongée dans l'or vert. Les racines des grands arbres se faufilaient tout le long du chemin, alternant leur course sous terre et à l'air libre, en autant de rampes improvisées pour celui qui glisse. Après moins d'une heure de marche, le lac se dessina entre les arbres, tel une oasis exhortant à un pas plus rapide. Puis le bruit d'une rivière s'intensifia et ils optèrent pour une pause avant de continuer. Ce fut Rose qui arriva en premier dans la clairière aquatique. Une paroi rocheuse sculptée en escalier offrait à l'eau un plongeon gracieux. Tout autour, la nature dominait, représentée par de grands arbres, des plantes grimpantes et la faune qui les anime. La cascade s'écoulait dans un petit bassin d'eau claire, illuminée par un rond de ciel bleu.

Rose enleva son t-shirt trempé par l'humidité ambiante et le mit à sécher sur le tronc d'un arbre mort. Sa peau était désormais hâlée. Il ne lui fallut que quelques secondes supplémentaires pour ôter son short, révélant un bikini bleu clair. Elle s'assit sur sa serviette, attendant patiemment qu'Henri soit prêt à plonger. Elle en profita pour l'observer. Elle s'amusait à détailler ses mouvements à la fois efficaces et légèrement amortis par la tranquillité du juste.

Lorsqu'il était arrivé chez Oscar, elle avait d'abord pensé qu'il voulait juste la séduire. Mais une fois le temps des révélations passé, elle avait été étonnée par son attitude amicale et la distance qu'il semblait vouloir conserver entre eux. Sans doute faisait-elle erreur. Elle avait accepté son amitié, surprise de se découvrir un peu déçue. C'est vrai qu'au départ, elle n'avait vu dans Henri que le gamin de six ans, suffisamment fêlé pour consacrer des années à une amourette d'enfance. Ce n'est qu'après qu'elle avait appris à connaître l'homme serein, au charme efficace. L'image du petit garçon timide et malléable avait fait place à celle d'une personne lucide et enjouée. Elle aurait presque pu affirmer qu'il était sûr de lui si elle n'avait pas eu l'impression bizarre que sa présence pouvait le déstabiliser. Elle tentait de se convaincre de ce petit pouvoir éphémère, elle qui se sentait aussi nerveuse qu'une adolescente dès qu'Henri faisait un geste dans sa direction. Un regard trop insistant, un sourire complice et son visage s'empourprait telle une collégienne. À cet instant, il la frôla pour prendre l'eau dans le sac à dos et, à nouveau, un frisson agréable parcourut sa peau. Rose se surprenait de plus en plus souvent à s'imaginer contre son buste musclé. Elle se voyait caresser sa barbe naissante, passer ses mains dans ses cheveux et l'attirer à elle. Elle ignorait pourquoi mais elle pressentait qu'avec lui, elle ne reproduirait pas les erreurs du passé. Il y avait ce quelque chose chez Henri qui lui permettait de croire à un avenir meilleur. Henri se dégagea de son polo et le lança en direction du tronc, sans succès. Faisant mine d'ignorer sa tentative, il tendit la main vers Rose pour l'aider à se relever. Le spectacle était terminé.

Dans la chaleur dense, ils s'avancèrent vers le bassin pour pénétrer dans l'eau fraîche. Rose avait baissé les yeux, elle semblait chercher ses mots. Elle s'était immergée lentement, prolongeant la caresse de l'eau. Avec ses mains, elle jouait à détourner les courants naturels et à freiner leurs tracés pour bénéficier d'un massage passager. Il lui fallut un certain courage pour enfin lever la tête.

— Henri, tu vas croire que je suis folle, mais... Je sais que c'est impossible que l'un d'eux soit vivant mais au fond de moi, j'avoue que je doute... depuis cette nuit.

— Qu'est ce que tu veux dire ?

— C'est peut-être parce que je dois m'habituer à connaître leur fin. Je sais bien que tu ne me mentirais jamais. C'est ridicule, je n'aurais pas dû t'en parler...

— Si, bien sûr, insista Henri.

— J'ai fait un rêve cette nuit.

Rose s'arrêta un instant pour rassembler ses idées. Comme tout rêve, il pouvait porter un message important mais la forme n'était pas toujours évidente. C'était souvent un magma de ressentis intensifiés par quelques images fortes, difficiles à raconter à celui qui ne les a pas vécues. Dans ce rêve-ci, dans un brouillard d'histoires croisées, une phrase s'imposait pourtant clairement. Rose tenta sa chance.

— Dans ce rêve, il y avait un lac qui ressemblait à celui que nous allons voir. Nous étions assis face à lui. Pour une raison que j'ignore, nous avions couru et j'étais essoufflée. J'avais eu un peu peur mais près du lac, je me sentais hors de danger. Je pense qu'on parlait. Je crois même que tu me tenais la main, ajouta Rose avec un sourire malicieux.

Elle continua son récit, plus lentement cette fois-ci.

— J'espère que tu ne te vexeras pas, Henri. C'est un rêve, je ne pense pas forcément comme je rêve.

Il lui sourit et elle fit un geste large vers la rive pour illustrer son propos.

— Nous étions sur ce qui ressemble à une petite plage, que le lac venait lécher avec plus ou moins de vigueur. Je regardais l'eau faire son travail quand un point brillant attira mon attention. Il semblait trop étendu pour être un débris ou un vulgaire éclat de verre. Impossible de rester immobile, il fallait que je sache. C'était un sentiment étrange, une soif intense de vérité. Je me précipitai sur la tâche lumineuse et à quatre pattes dans l'eau, je grattai le sol. Une surface rectangulaire se dessina sous mes doigts et une épaisseur en révéla sa fonction. Il s'agissait d'une boîte en métal. Bizarrement, elle n'était pas rouillée, comme si son propriétaire l'avait plongée là quelques heures plus tôt.

Rose marqua une pause pour vérifier s'il l'écoutait toujours. Elle s'était un peu perdue dans les détails mais ceux-ci lui paraissaient importants, autant d'indices nécessaires pour élucider un mystère.

— J'ai tenté de l'ouvrir mais le couvercle semblait bloqué. J'ai tiré plus fort et toujours rien. Tu l'as examinée minutieusement, puis, tu l'as posée sur la tranche pour lui administrer un coup sec et elle s'est ouverte. Heureusement, il n'y avait pas d'eau à l'intérieur. Je dis heureusement parce que la boîte contenait un feuillet plié en quatre. J'allais le lire quand ton visage s'assombrit. Je voulais te demander pourquoi mais avant que j'en aie eu l'occasion, tu avais déjà plongé sous l'eau, me laissant seule sur le rivage, le feuillet dans les mains. Encore un message sans auteur et une phrase qui me ferait froid dans le dos. J'ai ouvert le feuillet pour découvrir l'écriture de ma mère et cette phrase qui me hante depuis lors. *Il ne suffit pas de croire à une histoire pour qu'un mystère arrête d'exister.*

Rose frissonna à ce souvenir. Jusqu'à cette nuit, elle n'avait pas une seule fois douté d'Henri. Croire à son récit était comme trouver un nouveau foyer. Elle avait enfin gagné la sérénité de ceux qui ont leur place sur terre, elle avait accepté son statut d'orpheline et pouvait désormais se tourner vers l'avenir.

Henri resta silencieux. Puis, balayant le récit de Rose, il ne retint qu'un détail, une provocation qu'elle avait répétée trop souvent ces derniers jours. Il voulait enfin réagir à ce sourire audacieux et à la demande implicite qu'il contenait. Il entoura sa taille nue d'un bras et la rapprocha contre lui, dispersant l'eau qui les séparait encore. Rose ne saisirait que bien plus tard la mesure de cet amour et les renoncements qu'il impose. Il l'avait retrouvée, elle était contre lui alors maintenant tout était possible. Il se pencha vers elle et après seize années de patience, il put enfin réaliser son rêve, embrasser son soleil.

11.

Ubud, le 10 octobre 2012

Chère Maman,

Ce que les autres ne savent pas quand ils me regardent sourire, c'est que je suis heureuse à m'en faire peur. Ce bonheur me paraît instable, construit sur le terreau de la vie d'une autre. Je vole, j'effleure mon quotidien comme si d'un souffle, je pouvais basculer de ce plein d'amour vers mon désert passé. Parfois, j'ai même peur de parler trop fort, que l'on se rende compte que j'existe toujours, que ma vie ne m'a pas tuée. Entendre que je n'ai pas ma place sur terre et devenir cette usurpatrice qui s'attarde à une fête à laquelle elle n'est pas conviée. Pire, en plus d'être restée, j'ai réussi à me faire aimer.

J'admire Lucie avec son énorme ventre et je me dis que tout est possible. Elle attend une petite fille pour la fin du mois. Aussi légère et gaie qu'à ses six ans, elle défile en caressant son gros ventre avec une fierté mal dissimulée. Nous séjournons désormais à quatre chez Oscar, un quatuor original, fraternité de cœur ou âmes sœurs d'un autre temps, une maisonnée remplie de destins croisés. J'appréhendais la réaction d'Oscar. Son départ précipité avait laissé un doute et une place libre même si les termes clairs du pacte enlevaient tout espoir. Nous étions deux grands maladroits en quête d'amour, nous méritions d'être guidés par un autre solide, capable de construire cette relation qui nous glissait inlassablement entre les mains.

Oscar est arrivé un soir. En serrant sa sœur contre lui, il m'aperçut plus loin. Je me tenais debout, seule dans l'entrée mais quelque chose dans mon regard, dans ma posture, avait mué. Je lus la surprise dans ses yeux, comme si d'un seul coup, j'avais grandi. Serait-ce cela grandir pour un orphelin ? Oser prendre la main tendue et y croire ? Lucie s'effaça. Gonflée d'émotions, je restai face à cet homme qui m'avait tant donné. J'avais envie de lui dire merci. Merci de m'avoir inspiré ce futur heureux, merci d'avoir ouvert cette porte, merci d'avoir cédé la place. Il me prit dans ses bras, chuchotant que tout était bien ainsi.

Je te disais que j'étais parvenue à me faire aimer, mais j'ignore comment j'ai réussi cet exploit. Je n'ose pas l'affirmer tout haut, tout est si fragile. Je pensais que grandir sans ton amour m'avait transformée et à jamais ôté ma capacité d'en recevoir. Je me suis trompée. Mieux encore. Ma chère maman, je peux m'offrir le bonheur dont tu sembles t'être privée. J'ai lu et relu les débuts de ton récit avec John et je ne comprenais pas la transition. Comment vibrer avec lui, puis épouser mon père ? Une réponse se trouve sans doute dans ces pages arrachées. En me plongeant dans ton carnet, j'ai entendu le message comme on s'imprègne de la morale d'une histoire. Je sais bien qu'il ne m'était pas vraiment destiné mais je crois que si j'avais grandi à tes côtés, un soir, sur la balancelle, tu aurais tenté de me préserver du même sort. À demi-mots et dans le respect de mon père, tu m'aurais confié avoir laissé passer ta chance. L'air de ne pas me contraindre à la vie que tu as manquée, tu m'aurais dit que l'essentiel est de s'aimer suffisamment pour que l'amour de l'autre ne soit jamais à ce point vital que l'on renonce à soi.

Aujourd'hui, j'avais l'impression que tu étais debout à mes côtés, pour offrir à notre lignée féminine l'opportunité d'un chemin différent.

Devant moi, au milieu des arbres, le visage d'Henri s'est transformé, ses traits innocents soudain soucieux. Il a pris ma main tentant d'y trouver le courage pour parler. Je crois que c'est mon regard inquiet qui l'a fait sourire. Sur cette bouche joyeuse, je pouvais lire toutes nos victoires, les blagues de la vie et notre détermination à nous trouver.

Et puis, j'ai pu réaliser notre rêve, maman.

Celui de regarder un homme dans les yeux et prononcer un oui. Un oui puissant.

Rose

12.

Le 5 juillet 2017

La latte est maintenant sous mes mains, identifiée. Je tente de la bouger. Il y a un léger jeu. La fente est trop étroite pour y introduire mes doigts. J'essaie à plusieurs reprises, je n'ai aucune envie de m'éloigner si près du but. Je suis le genre de personne qui préfère s'obstiner plutôt que de choisir une approche qui nécessite plus de temps mais garantit un succès. Je me ravise, il me faut impérativement un objet long et fin. Je dévale les escaliers et manque de trébucher en abordant un virage trop serré vers la cuisine. J'ouvre les tiroirs et fouille à la recherche de l'outil. C'est un couteau muni d'un manche en bois clair et usé qui est sélectionné. Une destinée inattendue pour un couteau en fin de vie que de pouvoir participer à un moment aussi décisif. C'est sa lame qui m'a convaincue. Certes, il est évident qu'elle en a vu défiler des tomates, mais elle a l'avantage d'être suffisamment épaisse pour ne pas céder sous la pression de sa future fonction.

De retour, assise en tailleur près de ma latte, j'introduis délicatement la lame dans la fente et l'actionne tel un pied-de-biche. Elle se soulève péniblement. Le temps semble être parvenu à la coller au sol auquel elle appartient. L'espace se creuse et la lumière éclaire progressivement les profondeurs du soubassement. Je suis fascinée, mon être se tend comme si j'assistais à un miracle. Je dégage la latte et le béton crasseux apparaît finalement. En son centre, une enveloppe bleue et quatre lettres. *Rose*. Je reconnais l'écriture de ma mère. Je veux la saisir mais la nervosité me rend maladroite et plusieurs fois, elle m'échappe, mes ongles grattant le sol sale sans but. Je dois me calmer, respirer profondément et retenter ma chance. Délicatement, je passe le bout des doigts sous l'enveloppe et parviens finalement à la disposer sur mes genoux. L'écriture régulière de ma mère traverse brièvement un papier élégant et confirme mon intuition. Notre histoire n'est pas terminée. J'ai lu des dizaines de fois son carnet et j'avoue le connaître par cœur. Avec le temps, j'avais accepté de ne plus être surprise. C'était ma manière de lui dire au revoir. Je rêvais de ces pages arrachées mais une partie de moi s'était résignée. Je me forçais à cette chasse au trésor annuelle car elle était l'opportunité de passer une journée en sa compagnie, comme d'autres se recueillent sur une tombe.

En me voyant là au sol près de ma latte, nul ne pourrait deviner la valeur de ce moment. Il contient la possibilité d'un instant à partager dans une histoire inachevée. Je reste cette fille assise face à ma mère qui me guide dans les méandres captivants de sa vie imparfaite. C'est pour préserver ce qu'il me reste à vivre avec elle que je choisis d'aller à contre-courant d'un élan profond et naturel, déchirer cette enveloppe. De toute façon, je dois répondre à une autre question avant cela.

J'aperçois par la porte entrouverte la baignoire ancienne qui siège au milieu de notre salle de bains de campagne. J'y ai passé des heures à barboter en discutant avec ma mère. C'est ici avec elle que je veux savoir. Nous imaginer côte à côte, son visage et ses expressions altérés par la lecture du journal. Avant sa découverte, son souvenir était discret, parfois fade. Maintenant, je la vois apparaître avec ce regard espiègle, enjouée et lumineuse. Ses longs cheveux flottent sur ses épaules, libérés d'un chignon trop convenu. C'est cette femme qui est montée dans l'avion à New York, quittant à contrecœur la ville qui l'avait révélée. C'est elle, la vraie Gabrielle. Que s'est-il donc passé pour que la New-Yorkaise vivante devienne cette femme incolore ? Dehors les nuages gris s'accumulent en une masse opaque et dénotent avec la végétation illuminée par les derniers rayons de soleil. Un contraste en écho à la personnalité de ma mère, alliant réserve et joie de vivre.

Je regarde la boîte en carton qui dépasse de mon sac. Je retarde ce test depuis quelques jours, protégeant jalousement ce secret. J'ai eu envie de prolonger l'incertitude. Être enceinte juste pour moi avant d'offrir mon ventre au monde. J'ouvre l'emballage et me penche sur le mode d'emploi. Je m'exécute et j'immerge la tigette dans le liquide confidentiel. Les trois minutes d'attente s'écoulent plus lentement que toutes autres. Assise sur le bord de la baignoire, je croise et décroise les jambes nerveusement. Ma mère, elle, est restée debout et sautille sur place. Encore un instant avant la réponse. Je m'oblige à suivre les instructions précisément pour éviter les déceptions. L'aiguille des secondes parcourt péniblement le dernier quart.

Je touche mon ventre et regarde ma mère. Une croix bleue se dessine. Je me lève et j'imagine ses deux bras autour de moi, m'entraînant dans une danse joyeuse. Et soudain, cette odeur de lavande, la sienne, inonde notre salle de bains. Je veux connaître la fin de son histoire, je me sens prête. Je saisis l'enveloppe et la déchire d'un geste sec. Je suis proche du but !

La lettre est datée du 25 août 1995, soit quelques jours avant sa disparition. Affamée, je la lis d'une traite.

13.

Le 26 juillet 2017

La route s'engage dans les bois, formant une courbe harmonieuse jusqu'à la prochaine colline. Quelques mouvements de balancier et le ronronnement du moteur ont suffi, ma fille s'est assoupie. Le rétroviseur m'offre l'image attendrissante de sa petite tête inclinée vers l'arrière à la recherche d'un appui. Dans l'habitacle, son souffle et le mien alternent en une musique intime. J'ai pu créer ce lien. La pluie qui martèle les vitres me rappelle que j'ai choisi cette vie. Je m'enfonce encore un peu plus dans la forêt et chaque virage amène un paysage renouvelé. J'ai pris l'habitude de la traverser, une route magnifique pour une course hebdomadaire au marché du village d'à côté. Depuis quelques années, il s'installe sur la place, à l'abri d'une vieille église. Quelques échoppes forment un itinéraire efficace pour la ménagère du coin. Un mélange d'odeurs fortes me frappe quand j'ouvre la porte du véhicule et je manque de tomber, malmenée par une nausée soudaine. Vaille que vaille, je tente d'enfiler des bottes en caoutchouc et un ciré. Heureusement, la pluie atténue les senteurs et le haut-le-cœur se dissipe rapidement. Je me débats avec les attaches de la poussette et parviens enfin à y asseoir Mathilda, encore à moitié endormie. Je suis enceinte d'à peine deux mois mais déjà mes formes se dessinent, difficilement dissimulées sous les couches de tissus. Mon petit ventre exerce une pression sur la ligne de boutons du ciré, dessinant un serpent et autant d'entrées pour l'air frais de cette journée pluvieuse.

Les habitués sont nombreux à s'agiter à cette heure matinale. Je me glisse dans la cohue, séduite par les couleurs qui s'offrent à moi. Les étals débordent de fruits et légumes à l'aspect brut. Des formes peu élégantes et couvertes de terre se blottissent les unes contre les autres dans de vieilles caisses en bois, tableau rehaussé par le parfum puissant des herbes aromatiques et autres plantes à repiquer. Partout autour, des cris vantant la qualité et le prix des produits s'unissent en un refrain peu harmonieux. À les croire, nous serions conviés à l'affaire du siècle ! Les dégustations s'enchaînent et une tarte au citron et chocolat blanc enchante mes papilles. Le goût acide me rappelle le gâteau que ma mère préparait certains dimanches pluvieux, sa croûte au citron meringuée. Elle lançait joyeusement « s'il pleut, on fait un gâteau ! » et sans attendre de réaction, elle plongeait la tête dans le frigo pour en sortir les ingrédients. La réalisation de la recette était un travail d'équipe malgré ma contribution maladroite et les poussières de coquilles d'œufs qui atterrissaient dans l'appareil de la meringue. Ma mère tenait particulièrement à la touche finale. J'étais invitée dans ses bras tandis qu'elle tentait de sculpter l'œuf blanc battu pour lui donner une forme amusante. Je la vois encore se hasarder à esquisser un cœur ou un soleil qui fondraient inévitablement dans la chaleur du four. Elle le sait bien mais elle s'obstine, sans doute parce que son initiative m'enchante. Mes yeux d'enfant doivent pétiller à l'idée de ce dessin gravé dans un nuage sucré. Elle m'interroge avec un petit sourire en coin. « Alors Rose comment est ton humeur, aujourd'hui ? Une humeur d'étoile ou de petite maison ? » Dans cette tradition, nous avions chacune un rôle à tenir, le mien consistait à ne pas me montrer déçue lorsque, une fois la recette achevée, trônait sur la table un dessert dont le moelleux blanc désordonné et informe avait repris ses droits. Aujourd'hui, je me demande s'il n'y avait pas dans ce rituel instauré par ma mère une leçon qu'elle souhaitait me transmettre. Sans doute, est-ce le lot de tout orphelin de tenter de s'enrichir des maigres années vécues avec les absents et d'y trouver des trésors insoupçonnés. Alors, dans la coutume du gâteau au citron, ma mère voulait-elle m'apprendre que c'est bon de rêver ? Ou bien qu'il faut profiter de la beauté des choses, peu importe leur issue ? Ou encore qu'on peut bien persévérer à dessiner dans la meringue mais qu'à la cuisson, rien ne tient ? Ne pouvant me décider, j'ai tenté d'intégrer tous ces enseignements à la fois, comme autant de pépites dans un quotidien speedé.

À force de se croiser, on apprend à se connaître, nous faisons partie d'un même clan, *les fidèles du marché du samedi matin.* Témoins du temps qui passe sur les autres, nous contemplons le résultat à un rythme hebdomadaire, les enfants grandissent, des rides se creusent, un être disparaît et un ventre pousse. Loin d'être de simples consommateurs, notre présence ici est un geste citoyen, car ce marché ne propose que des produits locaux et saisonniers, dans le respect de notre planète. C'est Oscar qui m'a sensibilisée à cette cause. J'avoue que, absorbée par ma propre existence, j'avais fermé les yeux sur d'autres questions essentielles. Il me fallait survivre et c'est à cela que je dédiais mon énergie d'enfant avant qu'Oscar ne me propose cette promenade, une fin d'après-midi d'été. Il m'avait exposé la situation simplement, une somme de faits dont je devais seule tirer les conclusions. En me montrant les arbres, il avait parlé des forêts décimées, en guettant un animal dans un sous-bois, il avait abordé la disparition des espèces. L'air de rien, il citait des chiffres et des études. J'avais vite compris où cet amoureux de la nature voulait m'emmener et son habituel pouvoir de persuasion avait achevé le travail. Un intérêt était né, bien moindre que les grandes ambitions d'Oscar, mais suffisant pour m'allier à son engagement.

Une heure s'écoule avant que je puisse terminer ma liste de courses. La fatigue commence à se faire sentir, alourdissant le poids des sacs. D'un pas lent et légèrement courbée, je me dirige vers la voiture et chaque mètre me coûte. Je suis absorbée par le dessin que forment les pavés sur mon chemin lorsque j'entends un cri perçant. Une seconde me suffit pour identifier son origine, là, sur ma droite, un petit garçon aux baskets affublées de lumières clignotantes hurle en se frottant énergiquement la tête. Sans doute s'est-il heurté à la barre de fer qui soutient le plateau du stand à jus après avoir voulu ramasser un jeu. Cela arrive tout le temps à la maison, les petits œufs naissent sur le crâne de mes têtes blondes, rapidement gavées d'arnica. Rassurée, je suis sur le point de retourner à ma rêverie lorsqu'un détail attire mon attention. À quelques mètres devant moi, une dizaine de personnes se pressent autour du pain frais et cette image s'imprime sur ma rétine. Rien d'anormal à première vue et pourtant mon esprit s'y agrippe comme s'il fallait repérer une anomalie. Quelques secondes sont nécessaires pour assimiler ce qui se passe mais déjà mon corps réagit, une crampe violente me tenaille le ventre. Une sueur froide descend le long de mon dos et mes mains se crispent sur la poussette, tentant de me raccrocher à un réel qui m'échappe. J'ai envie d'hurler et de vomir à la fois, écrasée par une souffrance aussi imprévisible qu'intense. Parmi la dizaine de têtes affairées autour du pain, l'une d'elles me regarde. Il me faut un peu de temps pour le reconnaître, tant d'années ont défilé depuis son départ.

La salive glisse dans ma gorge, se transformant en couteaux quand j'essaie de l'avaler. Il faut que je respire. C'est une illusion, une erreur, je dois retrouver mon calme. Il y a une explication. Je fais face à un homme que l'âge a mal aimé, les traits de son visage épaissis sont désormais sensibles à la gravité. Mon cerveau s'affole à tenter d'organiser des données qui ne peuvent s'accorder, à comprendre l'absurdité qui prend vie à quelques pas de moi. Que fait-il ici ? C'est impossible. Il est mort depuis longtemps, tué par la balle qui l'unissait dans un dernier souffle à ma mère. Je dois forcément me tromper. Je cligne des yeux pour tester leur efficacité mais son visage est immobile, comme si ma vue l'avait pétrifié sur place. Les crampes se font plus fortes et m'obligent à me plier en deux. L'air manque et le sol tremble sous mes pieds, une masse semble me pousser dans le dos et précipiter ma chute. Je tente de me rattraper à l'aide d'une main mais la pierre se rapproche inéluctablement. La crasse, la dureté et ce qui ressemble à une double trahison. C'est lui. J'en suis certaine. Un choc et le noir complet. Il m'échappe à nouveau. Comme dans un cauchemar, je perds prise perpétuellement.

14.

Le 26 juillet 2017

J'ai menti à la femme que j'aime. Je n'ai pas menti à la légère ni parce que c'était facile. J'ai menti parce que c'était la plus belle façon d'aimer cette femme-là. Avec ce mensonge, je voulais offrir à Rose une vie qu'elle se refusait. La possibilité de baisser la garde, d'arrêter de s'épuiser dans une course sans fin et surtout, de pouvoir croire que l'autre va rester. J'avoue que j'ai tout de suite espéré que l'autre, ce soit moi. Mon intervention n'était pas désintéressée, mais je crois que j'aurais agi de même si elle avait aimé un autre homme. Simplement pour tenir une promesse d'enfant, pour le plaisir de voir Rose renouer avec son être et devenir enfin une alliée paisible pour elle-même.

Même s'il était bien intentionné, ce mensonge m'a coûté. Il suffisait qu'elle s'offre à moi avec la confiance dont elle était désormais capable pour que je me sente indigne de ce cadeau. Si l'espace d'un instant, je me rappelais cette histoire inventée, je prenais même peur. Je devais vivre avec la crainte qu'elle apprenne un jour la vérité. Et s'ils n'étaient pas morts, ils pouvaient revenir ? Quel serait l'impact de cette bombe sur la famille que nous avions construite ? Et sur Rose surtout ? S'écroulerait-elle encore plus bas que là où je l'avais ramassée ? Trahie à nouveau par ceux qu'elle aime. Ce mensonge m'a coûté aussi, car il m'a contraint à renoncer à un bien précieux, mon honnêteté, et à devenir quelqu'un que je respectais moins. Un type pas tout à fait net alors que Rose pouvait prétendre au meilleur. Paradoxalement, en tentant de la sauver d'une vie de solitude, je perdais mes chances de la mériter.

Malgré tout cela, j'avais menti avec un sentiment d'évidence, comme si c'était la seule voie possible pour nous. Le choix était simple et se réduisait à deux options : elle ou moi et j'ai toujours préféré Rose.

Tout a commencé le matin où je l'ai découverte inanimée, suivant tel un robot les autres élèves de notre classe. Pour tout le monde, ce fut un choc. Cette disparition soudaine et inexpliquée venait bouleverser le quotidien paisible d'un village de campagne. Bizarrement, j'ai tout de suite songé qu'ils ne reviendraient pas tout seuls, qu'il faudrait les trouver ou au moins les aider. J'ignore quelle logique guidait mes pensées de petit garçon, mais le résultat était implacable, je ne pouvais pas rester passif. Je les ai cherchés longtemps sans aboutir, d'abord inefficacement comme un gamin de sept ans puis une fois adulte, avec méthode et constance.

Un soir que je désespérais seul accoudé à un bar, une idée saugrenue me vint. Je m'enlisais dans cette enquête qui n'avançait pas, peu importe le nombre d'heures que j'y consacrais et il devenait évident que je devais changer d'approche pour ne pas devenir fou. Ce n'est pas ainsi que Rose sera à nouveau heureuse, pensai-je. Et ma réflexion avançant, je me posai finalement la seule question importante : de quoi Rose avait-elle le plus besoin ? La réponse m'apparut dans l'instant. Elle a besoin de savoir ce qui est arrivé à ses parents. Comme cela demeurait un mystère pour tous, il ne restait qu'une solution. Il fallait que quelqu'un ose écrire la fin de leur histoire, une fin que Rose pourrait accepter. Après des années de recherches, cette idée s'imposait en unique moyen de triompher d'une impuissance lancinante. Pour elle et pour moi.

Mais ce plan exigeait un récit crédible. Comment moi, Henri, aurais-je appris l'issue tragique avant tout autre ? Pourquoi ? La bière posée devant moi sur le zinc me rendait ambitieux. J'avais un avantage important. Personne ne pourrait jamais imaginer que je mente sur ce point. On ne blague pas avec la mort. Il suffisait d'avoir une version plus ou moins réaliste, le contexte achèverait de convaincre. Leurs morts devaient prendre la forme d'un accident pour exclure toute volonté de les tuer et autant de souffrance pour Rose. Puisque j'étais le créateur par intérim, il était en mon pouvoir de lui offrir une fin qui soit la moins violente possible.

Je réfléchissais aux contraintes de ce nouveau projet quand mon regard fut attiré par un client assis à l'autre extrémité du bar. Son dos courbé par l'âge et la solitude offrait un tableau singulier, comme s'il luttait toujours alors qu'il était sur le point de craquer. On pouvait imaginer un parcours laborieux en observant ses larges épaules ployer sous le poids du tourment. Ses cheveux frisottants semblaient vouloir épargner ce corps meurtri et formaient dans son cou une perpendiculaire amusante et décalée. Le vieil homme jouait doucement avec son verre, le faisant tourner sur lui-même pour se distraire de l'ennui. Son état général indiquait qu'il était un client régulier, ce qui attisa ma curiosité. Quelles sont les raisons qui poussent un homme à franchir la porte d'un bar, jour après jour ? Que voulait-il noyer dans l'alcool ? Et c'est à ce moment-là que l'histoire s'imposa. Il fallait un coupable et un aveu pour que la vérité éclate après presque vingt ans d'attente. Le coupable aurait ruminé pendant tout ce temps et voudrait s'en libérer aujourd'hui, à l'aube de sa mort.

Le film s'est alors naturellement projeté dans mon esprit éméché. Un chasseur se trompe de cible et les abat, la pénombre comme complice. Si je voulais persévérer dans la thèse de l'accident, je n'avais droit qu'à une seule balle pour expliquer deux morts. Quelques semaines plus tôt, j'avais vu ce documentaire fascinant sur la balistique qui expliquait comment la course d'une balle peut être influencée par de multiples éléments, le frottement de l'air, la pesanteur, le poids de la balle. À cette heure tardive, je ne pouvais pas interroger un expert pour tester la vraisemblance d'une mort partagée et dus me rabattre sur une recherche rapide sur Internet. Les résultats étaient assez glauques et ne m'offraient aucune confirmation. Les internautes se moquaient même d'un film dans lequel un tireur avait pu toucher deux cibles avec une seule munition. Rien de très encourageant. Le doute s'installait. Devais-je abandonner cette idée ? Rose vérifierait-elle la validité scientifique de mon récit ? Faudrait-il deux balles tirées coup sur coup ? C'était sans doute préférable, mais j'étais séduit par l'idée de deux amoureux unis dans la mort. J'espérais que la poésie adoucisse l'image pour Rose. Et puis, cela signifiait ne pas mourir seul.

Après avoir tergiversé un moment entre les différentes versions, j'ai opté pour celle de la munition unique. Avec le recul, je suis persuadé que c'était ma manière de ne pas tout à fait mentir à Rose ou de lui mentir avec son autorisation. Pour avaler cette version légèrement insolite, il fallait qu'elle ait envie d'y croire, de nier une partie de la réalité, d'oublier un instant qu'il est peu probable qu'une balle puisse être doublement meurtrière. J'avais besoin que son inconscient s'unisse au mien dans ce pieux mensonge, une façon de bénéficier de son consentement dans ce projet terrible, car je m'y sentais seul. J'ai élaboré la suite du plan, l'alcool aidant. Pour compenser la faiblesse du récit, il fallait au moins un support, une lettre d'aveu. J'ai lancé un regard intéressé vers ma muse. Le vieux n'avait pas bougé. La difficulté résidait dans le degré d'alcoolémie nécessaire pour mener à bien la mission : suffisamment ivre pour ne pas poser trop de questions et ne pas s'en rappeler le lendemain tout en étant toujours capable d'écrire la lettre. Je me suis rapproché de ma victime, apparemment absorbée dans un dialogue avec elle-même. Il semblait à point et je décidai d'être audacieux.

— Monsieur ?

Son torse se mit difficilement en branle pour opérer un virage à quatre-vingt-dix degrés. Je vis dans son regard qu'il y avait de l'espoir. Pour moi au moins.

— Oui, répondit une voix caverneuse.

— Je suis désolé de vous déranger, mais je voudrais vous demander une faveur.

Il lui fallut un certain temps pour comprendre cette première phrase. Les mots étaient simples mais l'idée qu'il puisse être d'une quelconque utilité semblait enfouie profondément dans son esprit. Il me dévisagea, suspicieux.

— Une faveur ? répéta-t-il pour s'assurer qu'il ne rêvait pas.

— Oui.

Une lueur se dessina alors dans ses yeux gris. J'avais l'impression de raviver une flamme et devant cette joie naissante, je décidai de lui dire toute la vérité. Il écouta l'histoire de mon amour pour Rose, ma promesse et le plan que j'avais échafaudé. Une fois mon explication terminée, il me contempla longuement. Son cerveau embrumé travaillait à organiser toutes ces informations. Il mit fin au silence en demandant du papier et un stylo au barman, sans un regard pour les risques qu'il encourait en produisant un aveu écrit de sa main. Je crois qu'il était touché que la vie ne le laisse pas partir sans être utile une dernière fois, même de façon si particulière.

C'est ainsi que je dictai la lettre à un inconnu délicieusement imbibé d'alcool pour un résultat parfait. Son écriture vacillante donnait l'impression que l'auteur était ému, âgé, hésitant ou tout cela à la fois. Les gouttes de bière pouvaient être assimilées à quelques larmes si l'odeur se dissipait et si elle s'entêtait, au reliquat du petit coup qui l'avait poussé vers l'aveu. Ce soir-là, pour la première fois depuis des années, je dormis comme un bébé en me promettant d'apprendre à vivre avec cette vérité.

Quand Rose revint à la maison après le marché, je compris tout de suite qu'elle savait. Quelque chose dans son regard avait changé. En un coup, une douleur s'était propagée dans mon ventre avec la peur de la perdre. Je voulus me justifier mais elle plongea dans mes bras. Approchant sa bouche de mon oreille, elle murmura quelques mots dont je ne perçus que l'essentiel. « En tout cas, le chasseur s'est trompé, il n'a pas tué mon père. »

15.

Dans ma campagne, le 25 août 1995

Ma petite chérie,
Ma Rose que j'aime tant,

J'avais un pacte secret avec René. Ne jamais remplacer cette latte. Il fut intrigué par ma demande, la seule en sept ans, mais je pouvais compter sur sa discrétion. Louise aurait posé des questions mais, lui, il savait se taire. Tu avais un an quand tu as découvert sa mélodie particulière, en t'aventurant sur le parquet pour tes premiers pas. Déjà attentive aux petites choses, je me souviens que ce son t'a fait sourire. Tu as appuyé ton pied encore et encore et ri aux éclats. Et rapidement, ce léger grincement est devenu un rituel. Il ne se passait pas un soir sans que tu insistes délicatement sur son bois pour t'amuser de sa réponse. Un jeu parmi d'autres, mais moi j'y ai vu une chance de te confier mon secret.

Sans doute as-tu trouvé le carnet et lu mon récit new-yorkais ? En arrachant quelques pages de mon histoire d'amour, j'espérais aiguiser ta curiosité et te mener à cette cachette. Je ne courais pas grand risque de blesser Charles, il n'aurait pas fait attention au carnet et encore moins à son contenu. Même s'il avait été dans ses mains, il n'aurait pas osé l'ouvrir tant il était inconfortable avec l'intimité d'une femme. Une fois le tout dissimulé, j'avais confiance que tu connaîtrais la vérité un jour et cela m'a apaisée.

Car si un jour, je devais disparaître avant d'avoir pu te parler, je voulais que tu puisses lire cette lettre et les réponses qu'elle contient. Si c'est le cas, cela signifie que j'ai quitté ta vie et cette seule idée m'empêche de respirer. T'envisager grandir dans ce monde sans que je puisse te protéger est terrible. Je tente de me répéter que tu auras trouvé les ressources pour traverser cette épreuve. Avec le temps.

C'est étrange d'écrire sans connaître l'âge de celle qui lit. Je me pose mille questions en t'imaginant. Est-ce que tu as laissé pousser tes cheveux ? Sont-ils toujours légèrement ondulés ? Est-ce que tu es une bonne alliée pour toi ? As-tu choisi le grand amour ? C'est mon unique regret, mais il est grand. Je n'ai pas osé. Vois-tu, John avait commis une petite erreur mais celle-ci a semé le doute et ce doute s'est rapidement mué en une angoisse profonde. Il était pétillant, libre, drôle et j'ai eu peur de ne pas être à la hauteur. J'avais l'impression que John me glisserait entre les mains alors que Charles était la stabilité incarnée. Cela a toujours été ma faille et, une nouvelle fois, j'ai manqué de confiance et privilégié la sécurité. Il était hors de question que tu grandisses comme moi, au sein d'une famille brisée. J'ai réalisé trop tard que ce n'était pas le bon choix. Et je te prie de m'excuser pour toutes ces erreurs. Nul n'est parfait et encore moins ta mère.

J'ai souvent souhaité que tu sois la fille de Charles. Tout aurait été plus simple. Dès mon retour de New York, je sus que quelque chose était différent. Mon corps se modifiait en adoptant des rondeurs que je ne connaissais pas. J'ai d'abord pensé que je noyais ma tristesse dans les sucreries et que ce n'était pas sans conséquence. Puis, une nuit, je fis ce rêve étrange. Je me trouvais devant le château où Charles et moi nous sommes mariés. J'ai toujours eu un faible pour ce lieu qui me ressemblait tel un jumeau mais, pour une raison que j'ignore, Charles n'a pas voulu y habiter. Dans ce songe, j'étais dans le grand jardin à l'avant de la propriété et je lisais allongée sur l'herbe quand John courut vers moi. Il apparut en une fois, si vite qu'on aurait cru qu'il était caché sous un brin d'herbe une seconde plus tôt. Il semblait agité, bougeant les bras dans tous les sens tels les personnages de dessins animés. Je vis que sa bouche formait des mots, mais aucun son n'en sortait, comme si une paroi de verre nous séparait. J'essayais de lire sur ses lèvres quand soudain, il se calma, me sourit et prit ma main. Puis, il murmura quelques mots inaudibles. Je lui demandai de répéter et le son était à peine plus fort. Il mentionnait une plante, une plante qu'il aimerait voir pousser avec moi. Je regardai autour de moi pour voir de quoi il s'agissait mais il n'y avait rien, hormis le gazon et les haies parfaitement taillées. Je voulus le questionner davantage, mais il disparut, me laissant seule, pieds nus dans l'herbe. C'est à ce moment précis que je sentis un coup dans mon ventre et en baissant les yeux, je découvris une inscription sur mon pull, au niveau de mon nombril étaient brodés les mots « belle plante ».

Éveillée en nage, je me levai pour prendre une douche et descendis dans le salon sur la pointe des pieds pour ne pas déranger ma mère. Dehors la lune était pleine. Pelotonnée face à la fenêtre, je la contemplai longuement. J'allais me marier et je ne ressentais pas le moindre élan. J'observai la lune encore plusieurs minutes avant de saisir le message de mon inconscient. L'histoire du rêve était pourtant simple, mais je crois que ma peur m'empêchait d'accepter l'évidence. Je regardai mon ventre et me mis à pleurer, de joie pour toi et de tristesse pour ma lâcheté. Désespérée, je tentai de résoudre la situation en décidant de ne pas faire de test de grossesse. Si j'attendais, cela brouillerait les pistes puisque dès la nuit de noces, il y aurait deux géniteurs possibles. De cette manière, je ne saurais jamais clairement qui m'avait fait le cadeau de cet enfant...

En te regardant grandir, j'ai compris ma naïveté. Comment était-ce possible que je sois la seule à le voir ? Charles et toi avez si peu en commun ! Pas même la forme d'un sourcil. Vous approchez la vie de manière différente et du haut de tes trois ans, je te trouvais déjà plus courageuse que Charles et moi réunis. Un test de paternité devint très vite superflu, la vérité se matérialisait chaque jour sous mes yeux. J'ai beaucoup hésité à lui dire pour pouvoir enfin m'envoler avec toi, mais j'avais des scrupules à détruire notre famille. J'ai trop souffert de cela moi-même. Et puis, est-ce que John se rappelait au moins qui j'étais ? Il était probablement déjà marié lui aussi et je ne voulais pas être responsable d'un double carnage. Vous aviez l'air heureux et c'était mon erreur, à moi d'en assumer les conséquences. Mais porter ce secret m'a modifiée et je regrette que tu ne m'aies pas connue telle que je suis vraiment. Je suis devenue une ombre dont le seul but est la discrétion indispensable à la conservation d'un secret. J'ai choisi de nous isoler pour éviter d'être débusquée, encore une erreur que j'ajoute à une liste bien longue. Je ne pouvais accepter les amis et leurs invitations, c'était trop risqué, un esprit plus aiguisé aurait pu douter face aux nombreux indices. En plus d'un manque flagrant de ressemblance entre toi et Charles, il y avait le miracle que constituait ta naissance si rapide alors que je n'allais plus jamais tomber enceinte par la suite. Et les photos à la maternité montraient un bébé particulièrement robuste, surtout pour un prématuré de plusieurs semaines...

Et puis, il y a quelques jours j'ai reçu une lettre de John qui m'a bouleversée. Une lettre d'amour. Tu imagines ? Après toutes ces années ? La peur m'avait rendue idiote et ses mots m'ont forcée à évoluer. Je dois avoir le courage de prendre certains risques et partir. J'ai décidé de tout avouer à Charles et enfin partager nos vies avec l'homme que j'aime. Il n'est pas trop tard, il y a encore tant d'années de bonheur devant nous.

Si tu me lis, c'est que j'ai échoué. J'avais finalement fait le bon choix, celui de mon rêve mais ma vie a été trop courte pour le réaliser. J'aurais tant voulu t'offrir plus que ce destin-là.

John serait un père merveilleux pour toi, j'espère que tu choisiras de le rencontrer. J'ai glissé sa carte de visite dans l'enveloppe.

Belle route à toi ma chérie, c'est une grande joie d'être ta maman.

Avec amour,

Maman

PS. J'ai brûlé les pages manquantes. Je voulais oublier cet amour qui n'a duré que quelques semaines. Je devais me forcer à ne plus y penser. Si un jour, tu rencontres John, il te racontera. Dis-lui s'il te plaît que je suis désolée de ne pas avoir cru en lui. J'ai pris la fuite sur un malentendu alors que tout son être m'encourageait à rester.

16.

Le 26 juillet 2017

L'écran affiche des courbes floues et des milliers de lignes fines donnent l'impression qu'on a griffonné méthodiquement sa surface. Des ensembles lumineux se dégagent sur fond noir puis l'image tremble. Il y a du mouvement, il faut le chercher. À droite ? Non il est à gauche. Le voilà. Il est là. Lotti dans une petite poche, un être minuscule s'offre au monde pour la première fois. Henri me serre la main, ému. J'entends le son magique, le seul qui puisse confirmer que j'attends un enfant. Le battement de son cœur emplit la pièce et son rythme régulier mais rapide me touche. Il a survécu à toutes ces émotions, le choc de découvrir Charles au marché et la révélation de ma mère. J'ai cru le perdre quand je me suis effondrée sur le sol avec cette douleur écrasante dans le ventre, mais il est là. Intact. Déterminé à vivre.

— Il semblerait que vous soyez à huit semaines d'aménorrhée, précise la gynécologue tout en continuant à opérer différentes mesures du fœtus. Est-ce que cela correspond à vos estimations ?

— Oui je crois.

Je mens, je n'ai aucune idée depuis quand je suis enceinte, mais je ne voudrais pas passer pour une mauvaise mère. C'est vrai qu'il a fallu un moment pour que je réalise qu'une troisième grossesse était en cours, mais en même temps, n'est-il pas normal d'être distraite quand on est maman de deux jeunes enfants ? En silence, je rends grâce à Mathilda de m'avoir informée de ma grossesse avant l'accouchement et l'idée me fait sourire...

Le médecin imprime quelques clichés de mon bébé et je pense à John. J'ai glissé sa carte de visite dans la poche de ma chemise en jean. Je voulais qu'il soit près de mon cœur pour cette échographie. Quand j'ai repris conscience, allongée sur les pavés de la place du marché, j'ai d'abord songé à lui, au bonheur de savoir que le fuyard que je venais d'apercevoir à dix mètres de moi n'était pas mon père. La façon dont la vie avait orchestré les événements m'amusait, des années de recherches pour découvrir la lettre de ma mère quelques jours avant de me trouver face à Charles. Je l'aurais vu un mois plus tôt, j'aurais été terrassée par la tristesse, mais une fois le choc passé, je n'ai eu qu'une envie, plus forte d'heure en heure, celle de rencontrer mon père. Le vrai. Je crois qu'avant d'entrevoir la mine décatie de Charles, j'avais peur de trahir un homme qui avait été dupé pendant sept ans. Ce Charles suscitait une pitié qui m'avait empêchée d'agir dans l'instant. Je n'avais pas tenté de contacter John et n'avais même pas osé confier le secret de ma mère à Henri. J'avais besoin de digérer seule cette nouvelle, au moins pendant quelques semaines. En se faisant passer pour mort pendant que je grandissais toutes ces années dans un orphelinat, Charles m'avait rendu ma liberté. Je n'avais plus aucun compte à rendre à l'homme qui m'avait abandonnée lâchement.

Allongée sur l'asphalte, mon premier sentiment fut donc une joie intense à l'idée de rencontrer ce père. Mais cette joie fit rapidement place à une foule de questions. Si Charles était vivant, comment expliquer la disparition de ma mère ? Était-elle encore en vie ? Avait-elle aussi choisi de m'abandonner ? À cette pensée, une voix ferme et douce s'était élevée en moi. Certainement pas. Maintenant que j'avais appris à connaître cette femme, j'étais convaincue que, jamais, elle ne m'aurait délaissée, elle qui avait sacrifié son grand amour pour me protéger. Il y avait forcément une autre explication.

L'examen terminé, je me rhabille et propose à Henri de fêter ce bébé en allant déjeuner au restaurant. L'invitation l'emballe. Je crois qu'il a très peur que je sois fâchée suite à son mensonge. En réalité, je ne l'ai jamais été. Pour une raison très simple. J'ai su très vite qu'Henri avait inventé ces morts. J'avais quelques doutes en écoutant son récit, mais je les avais aussitôt profondément enfouis car j'avais besoin d'une fin, pouvoir les laisser derrière moi et avancer enfin libre. Alors, portée par l'énergie d'Henri, j'avais saisi ma chance. Puis les soupçons étaient revenus me titiller de temps à autre, quand je me réveillais au milieu de la nuit. Je pensais que c'était l'approche du mariage avec Henri qui me perturbait puis j'ai compris que je ne pouvais pas vivre en me mentant, je devais dissiper les incertitudes.

C'est ce qui m'avait décidé à contacter Ernest Jaco, le commissaire chargé de l'enquête sur la disparition de mes parents.

Même du haut de mes six ans, j'avais été touchée par son engagement, sa volonté, il était prêt à dépérir pour les retrouver et son dévouement m'avait marquée. Je me souvenais précisément de sa visite à l'orphelinat quelques mois après le drame. Son visage avait pris vingt ans, les traits brouillés par la lassitude comme autant de preuves de ses tentatives désespérées.

Je voulais lui raconter la version d'Henri, espérant qu'il ne la réfute pas. Il était alors âgé de presque quatre-vingts ans mais il ne lui avait fallu qu'une seconde pour se rappeler de la petite Rose Campion. Dans le combiné, je pouvais percevoir l'émotion dans sa voix, acceptant immédiatement de me rencontrer. Il proposa un lieu pour notre rendez-vous et, en arrivant, je compris que son choix avait été plus guidé par mon bien-être que par le sien. Il s'agissait d'un de ces endroits à la mode, offrant une nourriture saine dans un décor scandinave apaisant. De hauts plafonds aux moulures anciennes donnaient toute son élégance au parquet qui craquait sous les pas. J'y ai tout de suite vu une marque d'attention d'Ernest, il voulait me dire que je comptais toujours autant pour lui. Finalement, je faisais partie d'une liste très courte reprenant les seules affaires qu'il n'était jamais parvenu à résoudre.

Il était déjà assis autour d'une table basse dans un fauteuil recouvert d'une peau de mouton, délicieusement décalée avec son personnage. Il semblait pourtant à ses aises, détendu, quasi joyeux. Je crois qu'il était rassuré de me savoir enfin adulte. Étrangement, nous étions comme de vieux amis qui se retrouvent après longtemps, ce qui me fit réaliser combien j'avais dû occuper ses pensées pendant les dernières décennies. On avait beau lui rappeler qu'il avait fait de son mieux, Ernest était convaincu qu'il aurait fallu accomplir plus. Nous étions occupés à faire le compte rendu de nos vies quand il m'interrompit soudain.

— Vous savez, Rose, je n'ai jamais cessé d'espérer.

Il ne s'était pas pardonné de ne pas les avoir retrouvés. Tout en prononçant cette phrase, il avait resserré ses mains autour de sa tasse pour se réconforter avec le peu de chaleur qui s'en dégageait encore. La musique s'était arrêtée et un court silence plana entre nous. Je réalisai que nous avions partagé cet espoir alors que je croyais le porter seule. J'aurais aimé que la terre compte plus d'Ernest Jaco. Plus d'hommes qui se dévouent corps et âmes à une cause, simplement parce que leur intuition leur indique que c'est le bon chemin.

Je hochai la tête pour toute réponse. Il chercha ses mots pour justifier la ténacité de son espoir et enchaîna :

— C'est bête mais cette histoire de propriétés vendues dans les mois précédant leur disparition constituait pour moi un indice important. Il occupait mon esprit et j'éprouvais de la difficulté à me concentrer sur les autres affaires. Puisque je ne parvenais pas à m'expliquer la démarche de ton père, elle s'était muée en un système d'alarme, rappelant sans cesse à mon cerveau qu'un dossier n'était pas bouclé. Je t'avoue que j'explorais cette piste en dehors de mes heures de travail car j'avais reçu une interdiction formelle d'encore y travailler. Je crois qu'ils avaient peur que l'affaire me rende fou... J'ai découvert qu'en cinquante ans, jamais les délais de transcription de transfert de propriété n'avaient été supérieurs à deux mois. Jamais ! Il était donc impossible qu'un retard explique l'apparition soudaine de la vente des propriétés dans le rapport, surtout pas avec un tel décalage. Je tenais une piste, mais personne ne voulait m'écouter et j'ai dû vivre avec cette intuition qui me malmenait.

J'espérais secrètement que nos retrouvailles adouciraient son supplice. Si l'histoire d'Henri tenait la route, elle pourrait même libérer Ernest de son fardeau. Je décidai de tout lui raconter en commençant par ma rencontre avec Henri. Il semblait captivé par l'épisode de l'avion, puis amusé en m'imaginant en chemise de nuit les couteaux à la main. J'abordai ensuite le récit d'Henri et la lettre d'aveu. Ernest pâlit. Les faits réunis donnaient un ensemble peu cohérent et je n'avais pas terminé. Je devais lui révéler mon secret, celui qui m'avait fait douter de la version d'Henri dès le départ.

Je respirai profondément et articulai en le regardant droit dans les yeux.

— Il me paraît impossible qu'ils soient tous les deux morts ce soir-là.

Ernest avala de travers et se pencha vers moi comme s'il voulait me faire une confidence.

— Pardon ? Mais comment en êtes-vous si sûre ?

— Parce que sinon comment expliquer que la montre de mon père ait mystérieusement disparu pendant la nuit ? Je me rappelle précisément le moment où il l'a déposée sur la table de nuit, avant d'aller se promener. Il était un homme d'habitudes et il n'aurait pas dérogé à la règle, surtout pas s'il s'agissait de la montre héritée de son père. « On ne se promène pas avec une montre », disait-il toujours. Était-ce pour ne pas l'abîmer ou pour se préserver de la pression du temps ? Je l'ignore mais le résultat était le même : il ne portait pas sa montre en quittant la maison le soir de sa disparition et, le lendemain, elle s'était volatilisée.

— Bon alors, je peux vous dire sans vous choquer que votre histoire de balle pour deux, cela ne tient pas la route ?

Je poussai un profond soupir, mon corps bascula lentement vers l'arrière pour se renfoncer dans les coussins du large fauteuil, un maigre réconfort. Je contemplai Ernest en silence. Nous avions passé nos vies à rétrécir l'univers des possibles pour leur offrir une fin plausible et nous en étions toujours au même point. Il ne tenait qu'à moi de nous délivrer tous les deux.

— Vous savez, Ernest, j'en ai marre. Finalement, ma vie a pris un cours heureux. J'ai rencontré le seul homme capable de me mentir pour apaiser ma peine. Merci pour tout ce que vous avez fait pour moi. Je voulais connaître la vérité sur cette histoire de balles mais maintenant, j'ai envie d'alléger ma vie, l'alléger de deux disparus. Vous comprenez ? Je vous serai toujours reconnaissante de vos efforts pour avoir tenté de résoudre le mystère qui entoure leur disparition.

Ernest respecta mon souhait. En le quittant, je lui glissai une invitation de mariage dans la poche de son veston.

— La robe vaut le coup !

Ce jour-là, je décidai de ne rien dire à Henri. Je voyais dans son mensonge une invitation à une autre vie, une vie dans laquelle personne ne m'abandonnerait. C'était sa façon à lui de me dire que c'était inimaginable, que cette version devait être définitivement écartée. Il fallait de l'audace pour oser me mentir sur leurs morts. Il fallait aussi énormément d'amour. J'ai épousé Henri en lui faisant le cadeau d'y croire, au moins en apparence.

Pendant le trajet qui nous amène au restaurant, je joue avec la carte de visite de John. Je l'ai déjà examinée en détail et caresse une nouvelle fois son papier soyeux comme si ce geste pouvait me rapprocher de lui. La typographie est américaine. Le carton classique affiche des données inscrites dans une encre vert d'eau, une couleur à la fois sobre et lumineuse.

Elle contient les informations habituelles : adresse, numéro de téléphone et profession. Je vais tout expliquer à Henri, mes recherches annuelles des pages arrachées et leur résultat. Il s'est toujours montré respectueux de la relation que je construis avec ma mère, attendant que je lui raconte l'une ou l'autre histoire du carnet sans jamais le demander. Je veux lui raconter l'importance de ces analyses de sang qui indiquent que mon taux de ferritine est trop bas, mais aussi et surtout que mon groupe sanguin est O positif. Je revois le regard de mon père en les lisant et la souffrance qui se propage sur son visage. Cette scène que j'ai détaillée pendant tant d'années sans comprendre prend désormais tout son sens. Charles avait le groupe sanguin le plus rare, AB négatif. Je m'en souviens car la fillette de six ans était intriguée par ses visites mensuelles à l'hôpital. Il répétait qu'il fallait donner son sang pour faire des provisions et, dans ma tête d'enfant, cette seule phrase suscitait les pires scénarios. Ma mère avait beau lui expliquer qu'il pouvait recevoir du sang d'autres groupes en cas de nécessité, il restait convaincu que seul son groupe pourrait le sauver. Le gène O est récessif et face aux gènes A et B dominants, il n'aurait pas pu être mon groupe sanguin. Il était donc impossible que Charles soit mon père.

La lecture du carnet de ma mère m'avait préparée à cette révélation. En apprenant à connaître John, j'étais progressivement tombée sous son charme. J'étais évidemment séduite par sa personnalité et son charisme. Et il avait rendu ma mère heureuse. J'avoue avoir souvent pensé que la vie aurait été meilleure avec un père comme John et voilà que l'on m'offrait de réaliser ce double rêve. Avoir ce père et gagner un parent quand on est orphelin. Henri s'engage dans une route de campagne et mon esprit continue de vagabonder pendant que j'admire les champs à perte de vue. Je me demande si John connaît mon existence et cette question en amène d'autres. Bizarrement, j'avais mis de côté la plus importante de toutes : est-il encore vivant ? Il doit avoir la cinquantaine aujourd'hui. J'imagine un homme séduisant aux cheveux poivre et sel légèrement ondulés. Un visage large et des yeux verts percutants. Est-ce que je lui ressemble ? Est-ce qu'il a d'autres enfants ? Je pourrais avoir un frère ou une sœur ! Mon imaginaire s'emballe et je me vois déjà aînée d'une famille nombreuse.

Une pointe de colère vient pourtant brouiller ce tableau idyllique. J'en veux à ma mère et à Charles d'avoir dissimulé ce secret et c'est compliqué d'être furieuse contre des absents. Je réalise que j'ai perdu tant d'années, écartée d'une famille potentielle. S'ils avaient parlé, je n'aurais peut-être pas grandi dans un orphelinat. Les larmes coulent et les hormones de grossesse n'aident pas. Henri pose distraitement sa main sur la mienne tout en continuant à conduire.

J'ignorais qu'on pouvait être à la fois furieuse et ressentir une joie profonde, quel étrange mélange. Les contrastes se multiplient, mon statut d'orpheline s'éloigne à toute vitesse avec l'espoir d'une famille qui s'agrandit de tous côtés. Un autre enfant, un père et peut-être même une fratrie.

17.

Le 28 juillet 2017

Elliot avait un profil sportif. Il le fallait pour obtenir ce poste dont il avait rêvé pour son été. Un moyen d'accéder à l'indépendance et de sortir du giron maternel. La mode était au *green* et il avait surfé sur la vague. C'est ainsi que tous les matins, cette longue perche avait enfourché son vélo, joyeux comme un pinson. Il fallait privilégier l'endurance pour pouvoir parcourir les routes des heures durant à un rythme contrôlé. D'abord, prendre le temps d'échauffer les muscles en pédalant avec légèreté tout en observant la ville qui émerge de la nuit, puis conserver une vitesse modérée pour la première étape jusqu'au point de livraison. Son itinéraire quotidien passait devant une maison de maître originale, rue des Conceptionnistes. Une fresque d'art nouveau courait sur toute la façade et attirait l'œil du passant. Deux femmes, dont la chevelure épaisse était enserrée dans une tresse aux reflets dorés, se faisaient face. Cette coiffure dissimulait une épaule puis un sein avant d'effleurer une magnifique chute de rein.

Couronnées de fleurs et drapées dans une étoffe couleur crème, leur image véhiculait une sérénité bienvenue entre deux coups de klaxon. Elliot s'amusait à la découvrir à la lumière d'une météo changeante, le tableau prenait des allures d'*Alice au pays des merveilles* coloré par un soleil rose orangé ou pouvait s'assombrir en un portrait réaliste une fois le ciel chargé de nuages sombres. Chaque jour offre ses nuances, songea Elliot. Puis, il vira à droite et accéléra le rythme pour boucler sa première course.

Ce matin-là fut particulier. D'abord parce qu'il ne reçut qu'un seul pli et qu'il était peu courant d'être envoyé pour une livraison unique. Une perte de temps exorbitante dans un monde où tout est chronométré, sans compter qu'il ne s'agissait pas d'un colis pesant ou d'un acte notarié ou d'avocat, autant de missives qui justifieraient ses services. Non, l'enveloppe était légère, quelconque, le genre de courrier dont la poste classique se chargerait parfaitement bien, pensa le coursier. Il la fourra dans sa poche en s'assurant encore une fois qu'il n'y avait rien d'autre pour lui. Un coup de pédale l'engagea dans la large avenue boisée et il zigzagua quelques secondes, le temps de régler son GPS sur la prochaine destination. L'adresse de livraison était située à l'extérieur de la petite ville, éloignée des quartiers habituellement desservis par la société. Le client avait dû mettre le prix pour cette livraison exceptionnelle. Ses sens rivés sur la route, Elliot n'avait que peu de distraction pendant ses heures de travail et ce fait inhabituel piqua sa curiosité. Il joua à lancer quelques hypothèses qui expliqueraient l'importance de sa course. Il faut dire que ce grand type à la chevelure blonde aimait bien inventer les histoires qui entouraient chaque paquet à transporter. Il les imaginait à toute vitesse, mais elles tournaient souvent autour des mêmes thèmes. Une erreur à se faire pardonner ? Un malade à cajoler ? Un magasin en ligne dévalisé ? Autant de sujets qui avaient ponctué son quotidien d'adolescent rêveur.

Le pli léger ne fit pas exception à la règle et son esprit carburait déjà pour construire un récit. Était-ce l'urgence qui l'avait motivé ? Un email aurait suffi ! Était-ce l'importance du contenu ? La poste est fiable, non ? Et sinon, pourquoi ne pas l'apporter soi-même ? Sa créativité stimulée l'embarqua sur une autre histoire tandis qu'il accélérait la cadence pour respecter le délai garanti.

Vingt minutes plus tard, il arriva à destination. La demeure campagnarde alliait élégance et authenticité. Elle s'élevait avec la somme d'étages nécessaires à une vie confortable pour une famille nombreuse, pensa ce fils unique. Devant l'absence de réponse, Elliot dut sonner une seconde fois, ce qu'il détestait. Il avait l'impression de harceler les gens avec ce son déplaisant leur intimant d'accélérer le tempo. Bien sûr, il aurait pu glisser l'enveloppe dans la boîte aux lettres mais sa curiosité le travaillait depuis presqu'une demi-heure et il espérait en savoir plus. Il pourrait tomber sur une petite vieille en quête de bavardage ? Elle lui dévoilerait le mystère entourant ce pli, donnant peut-être raison à une des versions qu'il avait imaginées ? La porte s'ouvrit finalement sur une jeune femme. Essoufflée, elle s'excusa pour l'attente tout en se saisissant du courrier. Elle allait refermer la porte sur un Elliot déçu, mais un détail l'arrêta net.

— Dites, il n'y a pas d'adresse de provenance au dos ?

— Non, fit Elliot un peu honteux de connaître déjà la réponse.

— C'est normal ?

— C'est peu fréquent et ennuyeux si le courrier se perd...

La jeune femme scruta le verso comme si ces informations pouvaient magiquement apparaître. Il lui fallut quelques secondes pour retrouver ses esprits et former la question suivante.

— Et vous livrez souvent de simples courriers ? dit-elle sur un ton méfiant.

— Non pas vraiment, d'autant plus que votre maison est située en dehors du périmètre normalement couvert par nos services.

Elliot surprit une légère tension dans les traits de son interlocutrice, la jeune femme n'était pas seulement surprise, elle semblait anxieuse. Son regard vissé sur le courrier, elle paraissait paralysée. Il était clair qu'Elliot devrait faire preuve d'initiative s'il voulait effectuer encore une livraison aujourd'hui.

— Si vous voulez, je peux vous l'ouvrir, j'ai un coupe-papier dans ma poche, proposa-t-il tout en se disant que ce serait la phrase type du tueur en série d'un mauvais thriller.

Pour toute réponse, elle lui tendit le courrier d'une main tremblante. Il glissa la lame dans l'interstice et sectionna soigneusement la tranche.

Au bonheur d'Elliot, elle l'ouvrit devant lui, mais sa joie fut de courte durée. Debout sur le perron, la jeune femme chancela. Elle n'avait lu que quelques lignes, mais déjà un flot de larmes inondait ses joues. Forcée de s'asseoir à même la pierre pour reprendre son souffle, elle murmura quelques paroles incompréhensibles pour le grand gaillard. Spectateur impuissant, Elliot resta debout les bras ballants.

18.

Le 26 juillet 2017

Chère Rose,

J'aurais dû prendre la plume depuis longtemps pour te raconter la soirée d'été qui a mis fin abruptement à ton enfance.

Un groupe sanguin est souvent anodin. Il nous dit peu de choses, surtout à moi qui n'ai jamais porté grand intérêt à la science. Il fallait donc que différents éléments se combinent pour que ce groupe sanguin prenne un sens particulier. Une émission de télévision sur ce thème, ouvrir une enveloppe et pour une fois m'intéresser aux résultats qu'elle contient. Quelle était la probabilité qu'ils soient réunis en peu de temps ? Que je découvre que tu es O positif et comprenne qu'il est impossible scientifiquement que je sois ton père.

Pour être honnête avec toi, je me suis plusieurs fois demandé comment nous avions pu te concevoir si facilement sans jamais parvenir à t'offrir une fratrie. Je t'observais vivre, bouger, parler et je ne retrouvais rien de l'homme que je suis.

Tu as vingt-sept ans aujourd'hui, presque l'âge de Gabrielle lorsqu'elle prit la décision de partir avec toi pour vivre son grand amour. C'est ma découverte qui a tout précipité. Aurais-je dû me taire et contribuer à la valse des non-dits que nous dansions si bien avec ta mère ? Si j'avais pu dissimuler ma confusion à la lecture de tes résultats sanguins, elle n'aurait peut-être pas eu le courage de tout me révéler et de mettre un terme à notre morne relation. Mais pour une fois dans mon existence, c'est l'émotion qui a triomphé et j'ai hurlé ma peine d'avoir été trompé. L'acte datait mais la trahison avait été permanente, elle m'avait laissé t'aimer tel un père et son amour pour John n'avait jamais faibli. Avec quelle force devait-elle l'aimer pour que quelques rencontres animent le feu pendant quasi une décennie ? J'étais détruit et mon corps sans énergie ne pouvait plus faire semblant. J'avais consacré ma vie à entretenir une image qui n'avait pas conquis et j'étais épuisé. Pour la première fois, je voulais crier qui j'étais et ce cri m'entraîna vers ma perte.

Le soir de notre disparition, nous étions près du fleuve pour parler de ce que je venais de découvrir. La discussion promettait d'être animée alors nous avions choisi de nous éloigner de la maison pour éviter de te réveiller. Elle était belle dans sa longue jupe en lin et ce chemisier léger. Le visage de Gabrielle avait un éclat différent, sans doute celui de l'amour naissant. Son regard brillait et la sérénité avait gagné son corps qui se dessinait gracieusement dans le paysage vert de la campagne. Notre rendez-vous aurait pu ressembler à celui d'amoureux tant le lieu était romantique, le bruit de l'eau qui coulait avec force là plus bas, les arbres partout autour de nous en seuls témoins et ce soleil qui descendait doucement dans le ciel. Elle se tenait debout devant moi, prête à accueillir la foudre. J'ai hurlé ma douleur quand elle m'a tout révélé. Je ne pouvais plus la regarder, celle qu'à ma façon j'avais tant aimée. Furieux et meurtri, je me suis retourné et c'est là qu'elle a eu ce geste qui l'a poussée vers sa fin. Elle a avancé la main pour la poser sur mon épaule, en signe de réconfort et ma réaction l'a tuée.

Car vois-tu ma petite Rose, quand dans un mouvement de colère, j'ai rejeté la main de ta mère, je n'aurais pas imaginé la suite. Mon refus était ferme mais pas de quoi la faire vaciller, je te le jure, aucune part de moi n'a jamais souhaité sa mort. Que faut-il de malchance pour que mon geste la fasse chanceler et qu'elle trébuche se prenant le pied dans une ronce ? Que son centre de gravité la porte légèrement vers l'arrière, que tentant de retrouver l'équilibre, elle pose l'autre pied sur une terre humide et que celui-ci glisse à nouveau, précipitant une chute dont je ne serais même pas témoin. Car même en entendant ses cris de terreur, je croyais encore, homme bien égocentrique, que c'était la peur de tout perdre. Moi, je restais le dos tourné, orgueilleux. Je refusais qu'elle lise la souffrance sur un visage qu'elle n'était jamais parvenue à aimer. Elle, elle hurlait car elle avait compris où le mouvement l'emportait. Elle savait qu'en tombant elle te perdait et comme toute mère, tu fus sans doute la dernière image projetée sur l'écran de sa vie. Ta naissance, ton premier sourire, ton dernier baiser ou le jour futur de ton mariage ? Nul ne sait ce qu'elle contemplait quand sa tête a heurté la pierre, là dans ce fleuve turbulent. Il me fallut un moment pour comprendre et ce fut ma deuxième erreur. J'ai pris trop de temps pour me retourner. J'étais blessé et je ne voulais plus la voir. Puis il y eut ce silence et j'ai cru simplement qu'elle s'était calmée. Après quelques minutes, j'ai repris mes esprits et je l'ai appelée. Gabrielle. En réponse, le courant qui se propage avec force.

Après trop longtemps, j'ai enfin osé la regarder et elle avait disparu. J'ai avancé, donnant soudain un autre sens à ses cris désespérés et c'est là que j'ai compris, en voyant son écharpe sur le sol et son corps volatilisé. En une seconde, j'ai imaginé la chute vertigineuse, l'impact de sa tête sur la roche dure et la fin de toutes ses belles idées. Il n'y avait rien à la surface de l'eau, elle avait dû mourir sur le coup, puis ballotée entre les remous, le courant l'aura rapidement aspirée vers le fond et emportée avec lui comme sa possession. Mon premier élan a été de sauter puis je me suis ravisé. Plusieurs longues minutes s'étaient écoulées, il était certainement trop tard. J'ai tenté de sonder les profondeurs pour la localiser mais il n'y avait que des pierres et des algues puis le fleuve qui s'engage dans ce tunnel sous le pont, un siphon qui l'aurait achevée si sa chute ne l'avait pas déjà fait. Pour n'importe quel homme, sauter aurait signifié risquer sa vie. Pour moi, c'était pire. C'était du suicide. Effrayé par l'eau depuis toujours, je n'avais pas appris à nager. Une honte pour ma famille de sportifs, une honte qui aura condamné ta mère définitivement. Alors j'ai fait le pire choix qu'un homme puisse faire, j'ai préféré ma vie à la sienne.

C'est détruit et furieux que j'ai fui le pays le lendemain. Arnold Lepage, un conseil de mon père, avait tout planifié. Cet homme âgé avait deux grands atouts : un esprit vif et un carnet d'adresses riche en contacts de tout genre. J'étais persuadé d'être accusé de meurtre si je restais là et il ne m'avait pas donné tort, j'avais un mobile et j'étais l'unique témoin d'une scène tragique. J'aurais pu tenter le mensonge mais j'étais un homme faible. Et comment prétendre ignorer comment ma Gabrielle avait disparu alors que cette image des flots agités était gravée dans ma mémoire et me traumatisait chaque seconde ? L'émotion m'aurait rattrapé et la peur de ces quatre murs qui se resserreraient inévitablement autour de moi aurait gagné. J'ai toujours été angoissé et c'est ce qui m'a perdu une nouvelle fois.

Et puis, pour être honnête, il m'aurait été impossible de vivre avec toi. Ton visage n'aurait été qu'un rappel permanent de tout ce que j'avais raté. À travers lui, je voyais désormais celui d'un autre qui avait su se faire aimer follement. Un amant qui avait été le seul à pouvoir lui donner un enfant. Une souffrance bien trop grande pour l'anxieux que je suis. Tout mon corps tremblait rien qu'en t'imaginant, de peur, de rage, de tristesse et de honte aussi. Et même si je revenais en échappant à la prison, tout le monde saurait que je suis définitivement bon à rien, incapable de garder en vie une épouse que je n'étais même pas parvenu à engrosser !

Arnold m'avait fait asseoir à cette vieille table en bois. Le ton de sa voix était calme, presque doux. Il m'expliqua en quelques mots la nécessité de me garantir mon statut de rentier car il me voyait mal travailler. Il ajouta qu'il fallait d'agir vite si nous ne voulions pas attirer les soupçons. J'ai écouté, silencieux, abasourdi de le voir concevoir une stratégie si habilement, comme s'il connaissait parfaitement les gestes à poser dans ce genre de situation. Avait-il eu besoin d'élaborer ce type de scénario pour mon père ? Je n'osais même pas y penser... Les décès de mon enfance se présentaient soudain sous des dehors suspicieux.

Arnold était allé droit au but. Je devais décider quelles propriétés seraient vendues en urgence pour subvenir à mes besoins. En réalité, ma liberté était limitée, nous devions opter pour celles situées dans des pays moins regardants pour les formalités légales. Le vieux conseil déclara immédiatement avoir des contacts dans trois pays où étaient localisées certaines propriétés. Il laissa sous-entendre que seuls ces intermédiaires pourraient permettre une vente rapide et surtout, point délicat dans notre plan, une inscription rétroactive du transfert de la propriété. La vente devait dater d'un à trois mois avant ma disparition pour ne pas être une preuve évidente de ma survie et de mon éventuelle culpabilité. Mon choix fut donc de convenance et en une minute, je décidai comment briser l'empire construit par plusieurs générations.

Arnold créa cette association du Grand Pardon pour recueillir les gains. Il ne manquait pas d'humour ! La fortune amassée me permettrait de vivre aisément jusqu'à ma mort. Le reste, je te le laissais, ma façon à moi de m'excuser. Oui, je sais c'est dérisoire. Arnold m'autorisa un passage à la maison, dans la nuit noire. Je n'avais que quelques minutes pour faire mes adieux au seul endroit au monde capable d'apaiser mes angoisses. J'ai pris l'argent dans le coffre, quelques médicaments et affaires et en passant devant ma table de nuit, j'ai craqué et saisi la montre que chaque génération s'était transmise, même si je craignais que ce détail me perde. Tout dans mon être me dissociait de la lignée Campion, seul ce trophée témoignait de mon appartenance. Pendant des années, je me suis détesté de t'avoir abandonnée cette nuit-là, mais animé d'une haine profonde à l'égard de ta mère et de tout ce qu'elle m'avait apporté, c'était devenu l'unique voie possible pour moi.

Tu mérites de connaître toute la vérité. J'avais voulu te revoir de loin, peut-être pour égoïstement admirer en toi la Gabrielle qui s'épanouissait. Tu lui ressembles tellement. Je ne voulais pas faire intrusion dans ta vie ainsi, je souhaitais juste t'observer, cela faisait tant d'années que j'attendais ce moment et je n'avais pas pensé que tu pourrais m'apercevoir, ni même me reconnaître. Seulement une fois, m'étais-je promis. Mais quand je t'ai vue, j'ai compris le monstre que j'avais été. Dans ma souffrance, j'avais oublié que tu es toi aussi un être humain. Pardon pour le marché. Pardon pour tout.

J'espère que tu ne verras pas dans ma fuite une preuve que tu n'es pas aimable, mon départ parle beaucoup plus de moi que de toi parce que qu'est-ce qu'il faut être con pour manquer d'amour pour son enfant, même sans lien de sang.

Je suis un lâche Rose et j'ai raté ma vie à cause de cela. Je n'attends pas ton pardon, je voulais juste te libérer d'une énigme longue de plus de vingt ans.

Charles Campion, celui qui aurait tant aimé être quelqu'un, par exemple ton père.

19.

Le 15 septembre 2017

Longtemps, je me suis demandée comment le corps de ma mère avait pu être définitivement avalé par les eaux. Il avait dû remonter à la surface à un moment ou à un autre, même après le tunnel ? J'ignore pourquoi cette question me tenait, comme si la réponse était la seule issue de ce deuil difficile. Son image bercée par les ondes s'était imprimée sur ma rétine et il devenait vital pour moi de comprendre. Je devais achever son histoire avant de la laisser partir. C'est un matin au bord d'une piscine à débordement que la vie m'apporta une réponse. Nous avions pris quelques jours de vacances avec les enfants pour nous remettre des émotions des semaines précédentes. Le lieu choisi était idyllique. Des lits à baldaquins accueillant matelas et coussins épais se multipliaient face à la mer, leur voile léger flottant dans le vent, une danse délicieuse sur fond de palmiers bruissants. Les journées étaient rythmées par les jus d'orange frais, les brasses dans l'eau douce et la lecture prenante d'un roman. Nous regardions les heures s'étirer, allongés côte à côte dans ces cocons douillets, la main d'Henri posée sur mon ventre naissant. Il avait été facile de renouer avec lui après la découverte de Charles, une fois les non-dits dissipés. La discussion avait été aisée, Henri avait pour objectif de rétablir l'harmonie et il progressait, déterminé à l'atteindre. À ses côtés, je m'étais adoucie, imprégnée par sa personnalité. Son don pour la conciliation était contagieux car je me découvrais tellement plus accommodante que par le passé.

En cette fin de journée, j'avais trouvé le courage d'entamer quelques longueurs dans la luxueuse piscine revêtue de mosaïques vertes aux reflets dorés. À l'abri de la roche et avec comme fond de toile la jungle malaisienne, je me préparai pour mon exploit sportif. Je tentais vaillamment d'y plonger le bout d'un orteil quand mon attention fut attirée par une conversation. Deux hommes s'étaient installés dans un coin de la piscine où des transats aquatiques creusés dans la pierre permettaient de s'immerger légèrement pour se reposer. Ils semblaient absorbés par un échange inégal, l'un racontant à force de grands gestes, l'autre spectateur captivé. Mon oreille avait perçu quelques mots clés : meurtre, police, corps et en écoutant plus attentivement, je compris que l'un d'eux était expert dans ce domaine. Je m'approchai discrètement pour confirmer mon impression et décidai de saisir ma chance.

— Excusez-moi messieurs... dis-je hésitante.

Deux visages bronzés se tournèrent vers moi, intrigués. Celui que j'avais identifié comme étant l'expert était plus âgé. Il devait avoir la cinquantaine et affichait un corps athlétique, preuve d'une discipline sportive quotidienne.

— Je suis désolée de vous déranger mais j'ai cru comprendre que vous étiez... euh... expert en affaires criminelles ? Excusez-moi, c'est impoli mais...

L'homme acquiesça, amusé par mon embarras.

— Voilà, j'ai une question à vous poser... en matière d'enquête criminelle, précisai-je pour vérifier la compétence de mon interlocuteur.

— Je suis enquêteur pour la police judiciaire depuis trente ans. Je vous écoute, dit-il en se redressant pour prendre une pose plus professionnelle, impuissante à compenser le port d'un maillot jaune fluo hawaïen.

— Voilà, je voudrais savoir comment un corps mort, plongé dans l'eau, peut disparaître ?

Pour toute réponse, je vis deux mâchoires lâcher sous le poids de la surprise. Il est vrai que la formulation était étrange et pouvait laisser croire que j'étais un tueur en série en recherche de bons plans pour éliminer mes victimes. Je me sentis obligée de développer pour ne pas être immédiatement signalée à la police du coin.

— Non, non, je ne compte pas tuer quelqu'un ou me débarrasser d'un corps...

Heureusement que la grossesse attendrit, pensai-je en voyant les deux hommes sourire.

— Un de mes proches est décédé en tombant dans l'eau et cela me perturbe. Le fait qu'aucun corps n'ait jamais été retrouvé... Je crois que cela laisse la porte ouverte à l'espoir et j'ai besoin de savoir. Pour avancer. Vous voyez ce que je veux dire ?

Mon indiscrétion avait rapidement payé car l'expert avait eu l'occasion de se pencher sur le cours des cadavres jetés à l'eau, un thème en total décalage avec l'environnement fait de palmiers et de flots cristallins. Il me répondit avec aisance.

— Ils plongent dans un premier temps pour remonter ensuite à la surface. Mais cela n'est pas toujours le cas.

Je m'approchai, avide de connaître la suite.

— Les corps s'accrochent souvent dans les algues, branches ou autres mains naturelles qui les retiennent puis sont dévorés par les poissons.

J'avais enfin ma réponse. Il prononça cette phrase tout naturellement, ne soupçonnant pas le poids de ses mots sur mon imaginaire. Frappée d'effroi, il me fallut me surpasser pour parvenir à le remercier pour sa science. Avant qu'ils puissent être témoins de ma douleur, je plongeai dans l'eau bleue pour noyer mes larmes et l'image de ma mère dévorée.

Les courriers de ma mère et ceux de Charles s'étaient mélangés, deux vérités en seulement quelques semaines alors que je patientais depuis vingt ans. J'avais découvert le grand amour de ma mère, l'opportunité d'un nouveau père et aussitôt, ma joie avait été balayée par l'immense tristesse de la savoir partie pour toujours. Plus je la lisais et plus je la trouvais profondément vivante. Et forte de cette impression grandissante, j'y croyais encore moins, à sa mort. Elle s'était matérialisée tant de fois devant moi, embrassant John, dansant sur la plage, riant avec Louise qu'elle était devenue une compagne quotidienne. Pendant quelque temps, ma colère l'avait tenue à distance alors que j'avais tant besoin d'elle. Chaque histoire façonne et la sienne l'avait orientée vers ce choix particulier, celui de donner plus d'importance à la stabilité qu'à tout autre chose. Lentement, j'avais eu envie de lui pardonner. Finalement, si Henri ne m'avait pas sauvée, j'aurais pu enchaîner les relations malheureuses. Et dieu sait ce que cela aurait donné si un enfant était né au milieu de ces échecs successifs. À force de me répéter cela, ma colère avait diminué et un matin, je m'étais réveillée apaisée, prête à clore ce deuil qui s'éternisait.

La prochaine étape était de rencontrer John. J'avais récupéré suffisamment d'énergie pour faire face au pire : qu'il soit mort, qu'il refuse de me voir ou même qu'il ait oublié ma mère, il fallait que je sache. Bien sûr, je rêvais qu'il soit heureux de m'accueillir dans sa vie. L'histoire de ma mère m'avait enseigné qu'il pouvait être risqué d'attendre alors je décidai de m'y mettre immédiatement. La première question était celle de mon approche. Comment allais-je me manifester après autant d'années ? La réponse fusa, aussi évidente qu'un cri du cœur. Si John était encore vivant, je ne voulais surtout pas que notre premier contact soit par email ou par téléphone. J'ignorais s'il connaissait mon existence et je préférais lui annoncer en personne, ne voulant pas diluer la magie de notre rencontre en échange de politesses.

L'étape suivante fut donc de le localiser. Je pris mon ordinateur portable sous le bras, une tisane et me réfugiai sur la terrasse pour profiter de la chaleur de l'été indien. Henri m'avait donné carte blanche. Il était prêt à embarquer dans le premier avion. Je commençai par taper son nom sur Google. *John Adams*. Je bus quelques gorgées en faisant défiler les résultats et réalisai rapidement que ce nom était trop commun, il fallait rétrécir la recherche. J'ajoutai sa profession et pressai la touche *Enter*. Tel que je l'espérais, un seul pédiatre apparut sous le nom de John Adams. Je cliquai sur le premier lien, avide d'en savoir davantage. Une photo en noir et blanc apparut à l'écran et je fus stupéfaite par sa beauté. Il regardait droit dans l'objectif comme s'il pressentait que je me trouverais de l'autre côté, dans ce premier face-à-face virtuel. Je restai quelques minutes à admirer celui que j'avais tant de fois imaginé à la lecture du carnet de ma mère. Son sourire chaleureux mobilisait la totalité de son visage et je ne pus m'empêcher de sourire à mon tour.

En peu de temps, je rassemblai assez d'informations confirmant qu'il était encore en vie. Visiblement, il n'avait pas assimilé les différentes modalités de Facebook, notamment le mode garantissant une certaine confidentialité aux photographies postées. Elles étaient disponibles pour tous. Je fis défiler les clichés de son profil pour en découvrir un peu plus. Je pus identifier une épouse à la longue chevelure rousse et plusieurs garçons qui revenaient fréquemment, ses fils peut-être. Il semblait passer la plupart de ses week-ends dans les Hamptons, sans doute sa résidence secondaire. Je pris note de tous ces indices ainsi que des noms des personnes qui commentaient le plus fréquemment ses photos, celui des restaurants ou cafés récurrents, autant d'éléments qui me permettraient de rétrécir ma surface d'investigation une fois sur le terrain. Par chance, il n'avait pas non plus désactivé la fonction de localisation, ce qui me facilita grandement le travail. Je pus alors définir un périmètre de quelques maisons donnant sur la plage parmi lesquelles se trouverait la sienne. Je préférais de loin cette aventure à l'alternative ennuyeuse de me présenter simplement à son cabinet, prétextant le mal de gorge d'un de mes enfants. Je voulais le chercher avec le hasard comme complice et avoir tout l'espace possible autour de nous pour cette rencontre afin que chacun puisse être libre de partir dans la seconde. Rester devait être un choix. Sans plus attendre, j'ouvris une nouvelle page et réservai nos billets d'avion pour New York.

20.

East Hampton, le 1er octobre 2017

Il est six heures du matin quand je décide de tenter ma chance. Nous avons pris une suite dans un agréable hôtel en bord de mer. Tout le monde est encore endormi, un miracle compte tenu du décalage horaire et surtout, de la vitalité de mes enfants.

Le profil Facebook de mon père offrait une foule d'endroits où le rencontrer : ses trois restaurants favoris pour le brunch, un club de golf, la rue de sa résidence secondaire ou encore la plage près chez lui. Et puis, une nouvelle opportunité s'était dessinée ces derniers jours. John avait partagé sur sa page un événement au profit de *Care & Fun for Kids*, une association dont le but est d'égayer les séjours en hôpitaux des enfants. Il en avait fait la promotion avec enthousiasme, avec des commentaires tels que « *Go go go* », « *Pleaaaaaase join me!* », « *The place to be!* ». Bref, il était évident qu'il participerait à cette course, mieux encore, les commentaires échangés indiquaient qu'il s'y préparait activement. Il avait débattu avec quelques-uns de la meilleure stratégie pour approcher le challenge sportif compte tenu de son âge. La plage serait l'endroit idéal et il avait pris devant tous ses amis (et sans le savoir, aussi devant le reste du monde) l'engagement solennel de s'exercer à six heures du matin chaque week-end, ce jusqu'au grand jour.

La perspective que ce soit John qui choisisse l'heure et l'endroit m'amusait ! J'avais été séduite par cette option, alliant surprise et sport dans un cadre sauvage. Étant donné qu'il n'était pas certain que je le croise lors de son entraînement, cela réduisait le stress que j'aurais pu éprouver si nous nous étions fixé rendez-vous. Ici, j'allais sur la plage dans l'espoir de l'apercevoir, ce qui donnait à ma quête des allures de jeu plus que de rencontre dramatique.

J'enfilai mon jogging, réalisant qu'il me serrait beaucoup plus que quelques semaines auparavant. Peu importe, je le plaçai en taille basse et mis un long t-shirt pour protéger mon ventre de l'air frais. J'allais quitter la chambre quand je réalisai que je voyais Henri et les enfants pour la dernière fois, avant de devenir moi aussi l'enfant de quelqu'un. Mathilda avait insisté pour dormir avec son frère, ils formaient un tableau émouvant, leurs corps emmêlés, sa main sur le visage de Jack, la jambe de ce dernier en travers des cuisses de sa sœur et l'impossibilité de déterminer à qui appartenaient certains bras. Curieusement, dans leur micmac, ils avaient l'air confortables. Je déposai un baiser léger sur leurs fronts tièdes et m'enfuis en fermant la porte le plus doucement possible.

Je n'étais qu'à un petit kilomètre de la plage où John allait courir et il me fallut peu de temps pour parcourir la distance. Certes, la grossesse me ralentissait mais mes pas restaient dynamiques. Le médecin m'avait autorisé le sport dans certaines limites, il ne pouvait pas être source de douleur physique et mon souffle devait être aisé, de façon à pouvoir tenir une conversation tout en m'activant. Je respectais scrupuleusement ses instructions, ponctuant mon effort de courtes pauses, assise devant la mer à respirer profondément, tel que l'on me l'avait enseigné dans les cours de yoga prénatal.

Je m'apprêtais à changer le cours de deux vies, la mienne et la sienne. J'imaginais John, accélérant le rythme, ignorant tout de ce que les prochaines minutes lui réservaient comme surprises. J'essayais de me mettre à sa place, de goûter au sort des hommes qui implique que l'on puisse aimer une femme une nuit et vingt-neuf ans plus tard, jour pour jour, découvrir le cadeau de cette union charnelle. Je n'avais pas choisi la date d'aujourd'hui par hasard. Le 1er octobre semblait être le point de départ de mon histoire et le premier pas de ma mère vers la fin de la sienne, ma naissance et sa mort liées à jamais dans un acte d'amour. Un amour qui avait traversé les années. C'était ce sentiment précisément qui me donnait confiance, John l'avait aimée follement et mon patrimoine génétique se partageant entre lui et elle, j'avais bon espoir de lui plaire.

Mon attention fut attirée par un coureur isolé, il progressait lentement, ses cheveux poivre et sel ondulés bondissant à chaque avancée. Mon cœur cogna dans ma poitrine et je me dirigeai vers lui. J'avais de la difficulté à distinguer son visage, compte tenu de nos deux corps en mouvement. Les mètres nous séparant diminuaient maintenant à bonne cadence et je lui faisais presque face. Je voulais réfléchir mais le temps manquait et je n'avais pas envie de le poursuivre sur la plage, une fois que nous nous serions croisés. Alors j'ai bêtement appelé, en fixant l'inconnu pour qu'il n'imagine pas que je visais quelqu'un d'autre. *John*. Le prénom n'a eu aucun effet et le coureur m'a distancé en me regardant bizarrement.

Je ralentis, mon élan freiné par ce premier échec et me pliai en deux pour récupérer mon souffle et détendre le bas de mon dos malmené.

J'avais envie de pleurer, j'ignore si c'était le manque de sommeil, les hormones ou l'émotion intense que je venais de vivre, à l'idée d'avoir trouvé mon père mais soudain, je voulais tout lâcher, accepter mes larmes et m'entourer de compassion pour ce que mon existence avait compté de surprises et de défis. Je me redressai pour poursuivre mon but mais devant moi, un homme s'immobilisa. Il semblait abasourdi, comme si son cerveau ne pouvait expliquer la réalité qui prenait forme devant lui. Il me dévisagea et ses lèvres bougèrent sans parvenir à produire un son, comme s'il essayait de comprendre, mais que la situation lui faisait perdre tous ses moyens. Puis, finalement, il fit cette tentative étrange.

— Gabrielle ?

Je ne pus m'empêcher de sourire. En prononçant ce prénom, il nous honorait toutes les deux. Il se souvenait si bien du visage de ma mère qu'il avait reconnu ses traits dans celui de sa fille. Dans une volonté de prolonger ce moment irréel, je répondis.

— Oui ?

— Je ne comprends pas, fit-il dans un français correct. Vous ressemblez tellement à une femme que j'ai aimée, il y a bien longtemps.

— Je pense qu'il vaut mieux nous asseoir, fis-je en montrant mon ventre pour justifier ma requête. Avez-vous des problèmes de cœur ? Je veux dire des problèmes physiques ?

— Non, rétorqua-t-il, de plus en plus intrigué par notre échange insolite.

— Ouf ! Je ressemble à Gabrielle parce que je suis sa fille, Rose.

— Gabrielle a eu une fille ? Je l'ignorais ! Je n'ai eu qu'une seule lettre de sa part, en réponse à celle que je lui adressais pour lui dire que je l'attendais toujours. Dans sa lettre, elle me disait m'aimer et vouloir me rejoindre ici, aux États-Unis.

Il marqua une pause. John avait ce délicieux accent américain qui rendait chacune de ses phrases charmantes. Il sembla hésiter à poursuivre, sans doute par crainte de trahir la confiance de ma mère. Il se lança finalement, tout en dessinant des ronds dans le sable avec sa main droite en une vaine tentative de gérer le surcroît d'émotions.

— Elle m'écrivait qu'elle avait besoin de quelques semaines car ce serait un bouleversement pour ses proches. Elle disait aussi avoir une surprise pour moi.

Il m'observa soudain d'un air suspicieux.

— Et puis, je n'ai plus jamais rien reçu. Je lui ai envoyé plusieurs courriers, lui demandant si tout allait bien et ils sont restés sans réponse.

La tristesse dans ses yeux était profonde. Je ne parvenais pas à me décider sur la façon de lui apprendre deux nouvelles qui le secoueraient certainement. Je redoutais que la mort de ma mère soit la meilleure introduction mais il fallait commencer par elle.

— Je suis navrée, ce que je vais vous dire risque de vous bouleverser. Je ne sais pas comment m'y prendre, avouai-je la voix tremblante.

— Elle est morte, c'est cela ? Après quelques années d'espoir, c'est en tout cas ce que je me suis forcé à croire, pour pouvoir avancer.

Je hochai la tête doucement. Il soupira et se mit à faire des ronds également avec sa main gauche.

— Mais alors, pourquoi êtes-vous ici aujourd'hui ? Par hasard, sur cette plage ?

Puis, il se ravisa.

— Ce n'est pas un hasard, une coïncidence pareille est impossible.

Il avait planté son regard dans le mien et je ne voulais pas détourner la tête, priant pour qu'il devine la suite logique à notre histoire.

— J'ai vingt-huit ans, essayai-je pour le mettre sur la piste.

C'était utopique, l'excès d'émotion l'empêcherait d'aligner les indices et de trouver la réponse.

— J'imagine que cela va être un choc pour vous mais... je suis votre fille. Vous êtes mon père, ajoutai-je dans une tentative inutile de clarification.

J'étais soulagée qu'il ne souffre pas de pathologies cardiaques car il passa rapidement par plusieurs états, l'effroi, la stupeur, la surprise, la méfiance et finalement, le doute. Il scruta une nouvelle fois mon visage pour y trouver les preuves de cette filiation puis répéta pour lui-même.

— Ma fille ? Ma fille ? J'ai une fille ? Une fille ! Une fille !

Il avait prononcé ces mots d'abord doucement comme pour s'y habituer. Puis, sa joie avait grandi et l'homme posé s'était métamorphosé en gamin.

— Lève-toi, je veux t'admirer ! Une fille !

Il me tendit la main.

— J'ai toujours rêvé d'avoir une fille, dit-il les yeux brillants.

Il fit un geste vers mon ventre naissant.

— Oui, tu vas être encore grand-père !

— Encore ? Mais je n'ai pas de petits-enfants ? Mes fils ne sont pas mariés.

— J'ai déjà deux enfants, Mathilda et Jack.

John ne se retint plus et m'embarqua dans une danse rythmée par la chanson qu'il venait d'inventer. *J'ai une fille et des petits-enfants, j'ai une fille et des petits-enfants, j'ai une fille et des petits-enfants.*

21.

Le 2 mars 2018

J'aspire tout l'air que mes poumons peuvent contenir pour soutenir l'effort le plus longtemps possible. À travers la baie vitrée, j'aperçois la forêt enneigée sur laquelle le soleil propage ses reflets roses.

Henri me prend la main. Je pousse encore quelques secondes. Elle arrive. Vivre cette nouvelle rencontre. Sentir sa peau chaude et pouvoir me dire enfin, je suis prête.

Remerciements

Merci à mes fabuleux relecteurs Benjamin, Clémence et An-marie pour leur temps et leur énergie. Leurs remarques judicieuses et leur enthousiasme m'ont portée.

Dans cette aventure, quelle joie d'avoir eu pour alliée mon éditrice Laury-Anne Frut. Ses conseils précieux, sa coolitude absolue et son feedback constructif sont autant de cadeaux.

Toute ma reconnaissance à Caroline Obringer pour son engagement, sa gentillesse et sa grande disponibilité.

Merci à Karine Bailly de Robien de m'avoir dit un jour « *si tu veux écrire un roman, tu peux !* », puis d'avoir cru en moi, en signant à la seule lecture des trente premières pages.

Aubin
IMPRIMEUR

Imprimé en France
Dépôt légal : juin 2016